여기 있어 황홀하다

Être ici est une splendeur

◆마리 다리외세크 지음
●임명주 옮김

에포크

차례

여기 있어 황홀하다.

라이너 마리아 릴케
『두이노의 비가』

일러두기

1. 본문의 주석 중 저자의 주는 *로, 옮긴이의 주는 *로 표기했다.

2. 본문 중 고딕체는 원서에서 이탤릭체로 강조한 부분이다.

3. 외래어표기법은 국립국어원의 표기원칙을 따랐다.

4. 이 책의 말미에 실린 파울라의 작품 17점은 원서에는 없는 것으로, 한국 독자들의 이해를 돕기 위해 편집부에서 선정해 넣었다.

I

그녀가 여기 있었다. 이 땅 위에, 이 집에.

이 집은 세 곳이 개방되어 있다. 접근이 제한된 방 입구에는 붉은 벨벳 줄이 쳐져 있다. 이젤에는 그녀의 마지막 작품인 해바라기와 접시꽃 정물화 복사본이 놓여 있다.

그녀가 꽃만 그린 것은 아니다.

2층으로 올라가는 회색 문은 잠겨 있다. 2층에 유령들이 어슬렁거리고 있을 것만 같다. 집 밖으로 나오면 파울라와 오토 모더존 베커 부부가 보인다. 유령이 아닌 괴물들이다. 조악한 당시 의상을 입고 죽은 자들의 집 창가에 서 있다. 살아 있는 우리는 아래에서 그들을 올려다본다. 예쁜 노란색 목조 주택 2층 창가에 괴물처럼 서 있는 흉측하게 생긴 밀랍인형 부부를.

*

여기는 황홀하지만 끔찍함이 함께 있다. 피할 수 없다. 인생이 하나의 이야기라면, 이 이야기가 끔찍한 이유는 주인공

9

이 채 완성하지 못한 그림 한 점과 세상에 나온 지 십팔 일밖에 안 된 젖먹이를 남겨두고 서른한 살에 죽었기 때문이다.

독일 북부의 바르비종이라 불리는, 이제는 관광지가 되어 버린 보르프스베데에 파울라 모더존 베커의 묘지가 있다. 친구이자 조각가인 베른하르트 회트거가 제작한 기념비가 서 있는 파울라의 묘지는 흥측하다. 화강암과 벽돌로 만든 기념비에는 반라로 누워 있는, 실제 사람보다 큰 크기의 여자와, 여자의 배 위에 옷을 입지 않은 아기가 조각되어 있다. 기념비만 보면 아기도 함께 묻혀 있는 것 같지만 마틸데 모더존은 아흔한 살까지 살았다. 조각은 세월과 보르프스베데의 바람과 눈에 시달려 많이 상했다.

파울라 모더존 베커는 죽기 오 년 전인 1902년 2월 24일자 일기에 이렇게 적었다. "내 무덤에 대해 자주 생각한다… 봉분을 올리지 않을 것이다. 그냥 직사각형 묘석만 깔고 그 주위로 하얀 패랭이꽃을 심을 것이다. 자그만 자갈길을 내어 길가에도 패랭이꽃을 심고 소박한 격자 울타리를 세워 장미 덩굴이 자라게 할 것이다. 사람들이 나를 찾을 수 있도록 작은 문도 만들고 한쪽 조용한 곳에는 앉아 쉴 수 있는 작은 벤치도 놓으면 좋을 것 같다. 보르프스베데 마을 교회 묘지가 나의 집이 될 것이다. 새로 지은 신 구역이 아니라 건너편 옛 구역 황무지 쪽으로 난 울타리 옆이 내 자리다. 무덤 앞에는 키 작은 노간주

나무 두 그루를 심고 그 사이에 검은 비목을 세울 것이다. 비목
에는 날짜도 없고 비문도 없고 내 이름만 있을 것이다. 내 무덤
은 그랬으면 좋겠다⋯ 마지막으로 사람들이 신선한 꽃을 가져
와 꽂을 수 있도록 꽃병을 놓아두어야겠다."

　무덤을 찾는 사람들은 아기의 무릎 사이에 꽃을 놓는다.
하지만 그녀의 바람대로 무덤 앞에는 장미 덩굴과 키 작은 나
무가 심어져 있다. 화강암에 새겨진 비문 중앙에 대문자로 쓰
인 'GOTT'●라는 단어가 눈에 들어온다. 독일어를 할 줄 아는
친구가 「로마서」 8장 28절에 나오는 구절이라고 했다. "우리가
알거니와 하나님을 사랑하는 자 곧 그의 뜻대로 부르심을 입
은 자들에게는 모든 것이 합력하여 선을 이루느니라." 파울라
는 니체를 읽을 때를 제외하고, 절대 신의 이름을 입에 올리지
않았다.

　스물여섯 살에 자신의 무덤을 상상하다니 좀 이상하다.
오토 모더존의 첫 부인은 젊은 나이에 죽었다. 젊은 두 번째
부인은 홀아비와 결혼하면서 불안하지 않았을까? "나는 언젠
가 그가 자신의 사랑이었다고 말한 여자의 무덤에 히스꽃을
가져갔다."

●독일어로 신이라는 뜻.

소녀와 죽음. 파울라의 예감은 그녀를 낭만적 인물로 고착시켰다. 어렸을 때 그녀는 머릿속에 구상 중인 이미지를 표현하기 위해 무용수를 그릴지 장례식을 그릴지, 눈부신 흰색을 칠할지 탁한 붉은색을 칠할지 망설였다. "이 세상을 떠나기 전에 내게 사랑이 찾아오고 좋은 그림 세 점을 그릴 수 있다면 나는 머리에 꽃을 꽂고 웃으며 갈 것이다."

그녀는 영원히 젊을 것이다. 남아 있는 열두 장의 사진 속 모습 그대로.

사진 속의 그녀는 키가 작고 날씬하다. 통통한 두 볼에는 주근깨가 있다. 릴케가 '피렌체의 금발'이라고 부른 머리는 가운데 가르마를 타서 느슨하게 뒤로 묶었다.

파울라의 가장 친한 친구 클라라 베스트호프는 1898년 9월 파울라를 처음 만났을 때를 이렇게 기억했다. "파울라가 구리 주전자를 무릎에 올려놓고 앉아 있었다. 주전자는 이사를 가려고 새로 수리한 것이다. 그녀는 모델이 앉는 둥근 의자에 앉아 내가 작업하는 모습을 지켜보았다. 머리색이 주전자의 색과 똑같았다. 숱이 풍성하고 무거운 머리칼과는 대조적으로 얼굴은 갸름하고 생기가 넘쳤다. 코는 예쁘게 굽어 있고 선이 섬세했다. 그녀가 밝은 얼굴을 들어올리자 마치 수면 위로 해가 떠오르는 듯했다. 나를 보는 반짝이는 짙은 두 눈에는 영리함과 기쁨이 넘쳤다."

*

1900년 8월 어느 일요일 두 친구는 저녁나절을 함께 보내고 있었다. 파울라는 책을 읽으려고 애썼지만 눈에 들어오지 않았다. 날씨가 너무 좋고 인생은 아름다웠다. 춤을 춰야 했다. 하지만 어디로 가야 하나! 짧은 소매에 치마가 발목까지 내려오는 흰색 원피스를 입은 두 아가씨는 텅 빈 마을을 하릴없이 돌아다녔다. 하늘이 붉게 물들고 있었다. 대부분이 평지인 이곳에서 보이는 것이라고는 언덕 위에 있는 교회밖에 없다. 갑자기 좋은 생각이 떠올랐다. 교회 종탑으로 올라가… 줄을 잡고 큰 종과 작은 종을 치는 것은 어떨까?

마을이 발칵 뒤집혔다. 학교 선생님이 뛰어왔다. 하지만 종을 친 사람들이 양갓집 규수들이며 예술가 아가씨들인 것을 알고는 말없이 돌아갔다. 숨을 헐떡이며 도착한 목사는 '사크로상툼!'●이라고 소리를 질렀다. 사람들이 교회 안으로 웅성웅성 모여들었다. 파울라의 아틀리에 주인인 브륀예스 부부가 파울라를 위해 알리바이를 만들어냈다. "베스트호프 양과 베커 양이 그랬다고요? 불가능합니다. 두 사람은 브레멘에 있었거든요!" 농부인 마르틴 핀케는 이 장면을 돈을 주고라도 봤어

● Sacrosanctum. 신성한 곳이라는 뜻의 라틴어.

13

야 했는데 보지 못했다며 아쉬워했고 곱사등이 계집아이는 부엌 뒤에서 감자 껍질을 벗기다가 두 아가씨의 무용담을 듣고는 배꼽을 잡고 웃었다.

파울라는 1900년 8월 13일 어머니에게 편지를 썼다. 그토록 밝고 예쁜 편지를 보낸 것을 보면 파울라가 얼마나 어머니를 사랑했는지 알 수 있다. 목탄으로 그림까지 그려 넣었다. 키가 작은 금발머리 파울라는 엉덩이를 빼고 두 팔로 거대한 종을 단단히 붙잡고 있고 키가 큰 갈색머리 클라라는 주먹 쥔 손을 허리에 얹고 크게 웃고 있다. 한 아가씨는 오토 모더존과 결혼하고 다른 아가씨는 라이너 마리아 릴케와 결혼하게 될 것이다. 화가 아가씨는 젊은 나이에 세상을 뜰 것이고 조각가 아가씨는 오래오래 살겠지만 금방 잊힐 것이다.

클라라와 파울라는 엄격한 프리츠 마켄젠•의 데생 수업에서 처음 만났다. 두 사람은 함께 공부하고 사랑하고 싸우면서 세상에 둘도 없는 친구가 되었다. 싸움만큼 관계를 단단하게 하는 것은 없다. 수업이 끝나면 두 친구는 썰매를 타고 전속력으로 집에 돌아왔다. 나중에 파리에서는 펀치 다섯 병과 아몬드 케이크와 딸기 케이크를 만들어 학생 축제에 가져갔고, 종

• Fritz Mackensen. 독일의 아르누보 화가. 오토 모더존, 한스 암 엔데와 함께 보르프스베데 예술가 공동체를 창립했다.

달새가 지저귀고 포플러 나뭇잎이 바람에 흔들리는 마른 강에서 뱃놀이를 했다. 몽마르트르에서는 자신들을 개종시키려는 수녀의 공세를 웃으며 받아넘겼고 뫼동의 오솔길을 함께 달려 로댕을 만나러 갔다. 또 두 친구는 같은 시기에 두 남자로부터 욕망 어린 눈길을 받았다. 한 남자는 화가 모더존이고 다른 한 남자는 시인 릴케였다.

*

베커 가문 사람들은 서로에게 편지를 참 많이 썼다. 일기와 어린 시절 스케치북을 비롯해 파울라가 쓴 수백여 통의 편지가 남아 있는 것도 그 때문이다. 파울라는 여섯 형제 중 셋째로 태어났다. 일곱째 남동생이 있었지만 어려서 죽었다. 파울라의 아버지, 어머니, 삼촌, 숙모, 오빠, 언니, 동생들은 너 나 할 것 없이 잠시 떨어져 있을라치면 편지를 썼다. 편지로 소식을 알리는 것이 베커 가문의 의무이고 관례이며 사랑한다고 말하는 의식이었다.

파울라는 열여섯이 되던 해 영국에 있는 마리 고모 댁에 살림을 배우러 갔다. 원래 계획했던 만큼 오래 있지는 않았지만 영국에 있는 동안 그림을 그리기 시작했다. 기대 이상으로 열심히 그렸다. 파울라의 어머니는 파울라가 그림 그리는 것을 적극적으로 지원했다. 그림 수업을 듣게 하기 위해 방을 세 놓기까지 했다. 아버지도 나쁘게 생각하지는 않았지만 아버지

15

에게 화가는 직업이 아니었다. 1895년 파울라는 초등학교 교사 자격증을 땄다.

하지만 가르치는 일을 바로 시작하지는 않았다. 삼촌으로부터 받은 얼마간의 돈으로 보르프스베데로 가서 당시 명성이 높았던 마켄젠의 데생 수업을 듣기로 했기 때문이다. 파울라는 사람의 몸을 그렸다. 얼굴과 손이 어떻게 생겼는지 배우고 가난으로 비틀어진 몸을 눈여겨봤다. 그렇다고 그 몸들을 감상적인 소재로 삼지는 않았다. 눈에 보이는 대로 그렸다. 나중에 파리에서는 파리 사람들의 몸과 자신의 몸을 그렸다. 강한 대비를 좋아해서 종종 검은색으로 윤곽선을 그리기도 했다. 그녀는 표현주의 화가가 된다. 보르프스베데의 섬세한 풍경 화가들과는 맞지 않았다.

파울라의 그림은 비평가들과도 맞지 않았다. 파울라는 클라라 베스트호프와 마켄젠의 또 다른 제자 마리 보크와 함께 1899년에 브레멘 미술관에서 첫 전시회를 가졌다. 파울라의 그림을 보고 아르투어 피트거라는 사람이 '구토가 난다'는 악평을 했다(클라라의 조각에 대한 평가는 좀더 우호적이었다). '좋은 말'로 비평을 하고 싶지만 '험한 말'밖에 떠오르지 않아 차라리 아무 말도 하지 않는 것이 낫겠고, '지극히 유감스러운' 이 전시회에 '모욕을 당한 기분'이며, 특히 '독일 민족의 보물 같은 작품들'과 비교하면 더욱더 그렇다고 불쾌감을 감추지

16

않았다. 브레멘에서는 나름 이름을 얻고 있던 화가 카를 비넨은 그래도 '보르프스베데에서 온 가엾은 처자들에게 전시 기회를 제공한 미술관의 용기는 높이 사야 한다'라고 목소리를 높였다.

　보르프스베데에서 온 가엾은 처자는 그해 입센의 희곡과 마리 바시키르체프●의 일기를 읽었다. 파울라는 바시키르체프처럼 파리에서 살기를 꿈꾸며 보르프스베데 마을 사람들을 모델로 그림을 그리고, 오토 모더존이나 하인리히 포겔러 집에서 열리는 파티에서 예술가들과 어울렸다. 포겔러는 기타를 치며 '흑인들의 노래'를 불렀고 사람들은 춤을 추었다. 파울라는 새로 만든 초록색 벨벳 드레스가 마음에 들었다. 그날 밤 잠들기 전에 자신에게서 눈을 떼지 못한 남자들이 몇 있었다고 일기에 적었다.

*

　어떻게 말해야 할지 모르겠다. 사랑에 빠진다는 것이 이

● Marie Bashkirtseff. 러시아 화가. 우크라이나 귀족 가문에서 태어나 유럽의 여러 나라를 여행하며 자랐다. 스물다섯 살에 결핵으로 사망했는데, 짧은 생애에 비해 「모임」, 「쥘리앙 아카데미」를 비롯해 많은 수의 작품을 남겼다. 하지만 대부분 제2차 세계대전 때 나치에 의해 파괴되었다. 바시키르체프는 사실 그림보다 열두 살부터 숨을 거두기 직전까지 프랑스어로 쓴 일기로 더 유명하다. 이 일기에는 세상에 이름을 남기지 못할까 두려웠던 젊은 여성 화가의 야심과 열정과 사랑이 솔직하고 대담한 필치로 기록되어 있다.

런 건가?

파울라 베커는 오토 모더존에게 마음이 갔다.

그가 그린 그림을 먼저 봤다. 1895년 브레멘에서 열린 전시회에서였다. 매우 사실적인 그림이라고 생각했다. 하지만 그것이 다였다. 이후 모더존을 처음 만났을 때 파울라는 깊은 인상을 받았다. "밤색 양복을 입고 붉은 수염이 난 그가 대단한 사람처럼 느껴졌다. 그의 눈은 온화하고 친절했다. 나는 그가 그린 풍경화에 깊은, 매우 깊은 인상을 받았다. 뜨거우면서도 멜랑콜리한 가을의 태양… 이 모더존이라는 화가에 대해 알고 싶어졌다." 보르프스베데로 이주한 초반에 파울라는 사람들과 쉽게 어울리지 못했다. 물론 자신보다 몇 살 많지 않은, 사람 좋은 포겔러가 있기는 했지만 화가인 프리츠 오버베크는 얼음장처럼 차가웠다. "하지만 모더존은 친절하고 말 걸기 쉬운 매력적인 사람이다. 그는… 뭐랄까… 음악 같다고나 할까? 그의 곁에서 바이올린으로 반주를 넣고 싶다. 하지만 그림만으로도 나의 관심을 끌기에 충분하다. 그는 다정한 몽상가처럼 보인다." 파울라는 오토 모더존의 의견을 중요하게 생각했다. 자기보다 열한 살이나 많은 그에 대해 아버지에게 자주 얘기했다. "키가 나보다 17센티미터나 더 크고 마음도 엄청나게 넓은 사람이에요. 붉은 수염을 뾰족하게 길렀고, 진지하고 멜랑콜리하면서도 즐겁게 사는 데 타고난 능력을 가졌어요." 그런데 그것은 아버지의 초상이었다. 사진으로 봐도 모더존과 파울라의 아버지는 많이 닮았다. 이마, 코, 수염이 미농지에 대고 그린 것처럼 똑같다.

하지만 어머니에게 보낸 편지에는 '직관력과 감수성이 뛰어난' 모더존의 젊은 아내에 대해 언급했다. 파울라는 파리로 떠날 즈음 모더존에게 책을 돌려준다는 핑계로 편지를 보냈다. 편의상 수신자를 모더존 부부에게라고 했지만 실은 다시 보고 싶다는 소망을 그에게, 오로지 그에게만 알린 것이다.

*

파울라는 아르투어 삼촌이 선물한 돈을 파리에서 공부하는 데 쓰기로 했다. 아버지는 걱정이 앞섰다. 1900년 7월 5일자 일기에 파울라는 다음과 같이 썼다. "아버지가 오늘 편지에 가정교사 일을 찾으라고 하셨다. 나는 오후 내내 히스꽃이 피어 있는 모래밭에 누워 크누트 함순의 소설 『목신 판』을 읽었다."

1900년. 세상은 젊었다. 『굶주림』을 쓴 천재 작가 크누트 함순은 새와 여름날의 사랑과 풀잎과 울창한 숲을 노래했다. 그가 나치 동조자가 되어 노벨상 메달을 괴벨스에게 바치기 전이었다. 니체 역시 악마들에게 납치되어 악용되기 전이었고, 사람들이 목신 판과 위대한 자연과 '지금 이 순간'을 믿던 시절이었다.

1900년. 모든 일이 1900년에 일어났다. 파울라는 오빠 쿠르트에게 보낸 편지에 자신이 수년 동안 꿈속을 헤매었지만 이제 깨어났다고 썼다. 자신의 변한 모습에 아마도 가족들이 놀랄 테지만 좋은 일이고 가족들도 만족할 것이라고 그러니 자신을 믿어달라고 했다.

브레멘에서 파리까지는 기차로 열일곱 시간이 걸린다. 파울라가 탄 파리행 기차의 여성용 객실에는 카바레 무용수인 클레르라는 여자가 함께 타고 있었다. 클레르의 동료 무용수인 '흑인처럼 보이는 젊은 남자'는 파울라 때문에 객실 안으로 들어오지 못하고 복도에 서 있어야 했다. 하지만 두 사람은 '독일 여자가 매섭게' 쳐다보고 있는데도 끊임없이 노래를 부르고 수다를 떨었다.

복잡한 세계를 간단히 설명하는 데에는 고정관념이 도움이 된다. 프랑스인은 변덕스럽고 매사에 시큰둥하고 지저분하고 재치가 있다. 반대로 독일인은 정직하고 진지하고 위생에 철저하고 느리다. 파울라는 콜라로시 아카데미에 등록했다. 콜라로시의 파리 출신 여학생들은 살아 있는 신 로댕의 작품을 보고 겨우 예쁘다고 말한다. 그 아름다운 작품을! "할 줄 아는 말이라고는 그것밖에 없었다."

카미유 클로델도 콜라로시에서 공부했다. 모딜리아니의 연인 잔 에뷔테른도 후에 그곳에서 그림을 배웠다. 콜라로시 아카데미에서는 여학생들도 누드화 수업을 받을 수 있었는데[*] 여자 모델은 완전 나체로 포즈를 취하고 남자 모델은 속옷을 입었다. 파울라는 부모님께 모델들이 잘난 척만 한다고 적었다. "포즈라고는 대여섯 개밖에 취할 줄 몰라요. 그래서 같은 포즈 몇 개를 계속 반복하죠." 파울라는 몸에 딱 달라붙은 흰 속바지를 입고 팔짱을 낀 채 고개를 쳐들고 의기양양하게 서 있는 콧수염이 난 남자 모델을 스케치했다. 옷을 벗어도 파리 사람은 파리 사람인 모양이다.

에콜 데 보자르에서 해부학 수업도 들었다. 1900년부터 여자들에게도 해부학 수업이 개방되었다.[**] 이 수업에는 미국, 스페인, 영국, 독일, 러시아 등에서 온 외국인 여학생이 많았는데 자신들의 나라에서는 여성이 해부학 수업을 들을 수 없었기 때문이다. 의과대학에서 제공한 시체가 두통을 일으키기는 했지만 파울라는 해부학 수업을 매우 소중하게 생각했다. 부모님에게 마침내 무릎이 어떻게 생겼는지 알게 되었다고 편지하기도 했다. 파울라의 부모님은 딸이 파리로 유학가는 것

---

[*] 마리 바시키르체프가 다녔던 쥘리앙 아카데미 역시 콜라로시처럼 남녀가 같이 수업을 했다. 하지만 누드 드로잉 수업의 경우 쥘리앙에서는 남학생과 여학생을 분리해서 진행했다. 정확한 이유는 모르겠지만 여학생의 수업료가 남학생보다 두 배 비쌌다.

[**] 조각가 엘렌 베르토와 화가 비르지니 드몽 브르통이 끈질기게 요구한 덕분에 여성도 참여할 수 있게 되었다.

21

을 허락할 정도로 매우 개방적인 분들이었다. 1900년 영국에서 조각을 공부하러 파리에 온 캐슬린 케네트•가 냉소적으로 이렇게 말한 적이 있다. "스무 살짜리 어린 여자가 파리로 미술 공부를 하러 왔다는 것은 회복할 수 없을 정도로 갈 길을 잃었다는 뜻이다." 아무튼 파울라 역시 그림 공부가 '여자들에게 더 힘들다'고 생각했다. 남자들은 '말썽을 부려도' 무방하지만 여자들은 예쁘고 사랑스러운 그림을 그리도록 요구받는다는 것이다. 파리! 얼마나 아름답고 얼마나 부도덕한가! 고약한 압생트 냄새, 쓰레기, 양파처럼 생긴 사람들… 파울라의 아버지는 해가 지면 그랑 불바르••에는 절대 가지 말라고 신신당부했다. "보지 말아야 할 것을 볼 수 있기 때문이다."

파울라는 라스파유 대로에 방을 얻었다. 침대 하나가 들어가면 꽉 차는 작은 방이다. 벽에는 꽃무늬 벽지가 발라져 있고 벽난로와 파라핀 오일 램프가 있다. 친구 클라라 베스트호프는 옆방에 묵었다. 클라라도 로댕에게 배우려고 파리에 왔다. 파울라는 제일 먼저 매트리스를 사고 다음으로 빗자루를 샀다. 빈틈없이 쓸고 닦았다. 30상팀만 내면 일요일마다 와서 가

• Kathleen Kennet. 영국의 조각가. 1902~1906년에 콜라로시 아카데미에서 공부했다. 1903년 짧게나마 로댕의 제자였다. 첫 남편이 유명한 남극 탐험가 로버트 스콧으로, 뉴질랜드 크라이스트처치에 있는 스콧의 동상이 캐슬린 케네트의 작품이다.

•• 파리의 마들렌 광장에서 바스티유 광장에 이르는 큰 거리로 술집과 레스토랑, 카바레 등이 밀집한 유흥가.

사를 봐주는 가정부도 고용했다. 판자 조각을 모아 가구를 만들어 무명천을 씌웠다. 파리에서는 꽃이 놀라울 정도로 쌌다. 수선화 다발이나 미모사꽃 다발, 장미 여덟 송이가 50상팀밖에 되지 않았다! 1프랑만 내면 식사를 할 수 있는 간이식당도 찾아냈다. 하지만 양은 많지 않았다. 그래서인지 살이 많이 빠졌다. 60상팀이면 레드 와인 한 병을 살 수 있다. 철분을 섭취하는 데 그만한 것이 없었다. 파울라의 부모님은 목사탕을 보내주셨다.

파울라는 루브르에서 홀바인, 티치아노, 보티첼리의 거대한 프레스코화를 봤다. 살랑살랑한 옷을 입고 있는 다섯 명의 젊은 여인들이 그녀의 '무거웠던 마음'을 가볍게 해주었다. 그리고 잊을 수 없는 프라 안젤리코의 성인(聖人)들! 루브르에서 나오면 센강이 보인다. 푸르스름한 안개와 황금빛 안개가 강물 위에 깔려 있다. 강변에서는 곡예사들이 재주를 부리고 부키니스트*들은 벌써 좌판을 활짝 열어놓았다. 화랑에서는 코로와 밀레의 전시회가 열리고 있다. 파울라는 센강 우안에 있는 볼라르 화랑**에 클라라를 데려가서 그림을 하나 보여주었

---

* Bouquiniste. 파리 센 강변에 있는 노점 서적상.

** 볼라르 화랑의 주인인 앙브루아즈 볼라르는 세잔, 고갱, 반 고흐, 마티스, 피카소를 발굴한 화상(畵商)으로 유명하다. 당시 크게 인기를 끌지 못하고 있던 아방가르드 작가들의 작품을 미국의 거부이자 소설가, 비평가이기도 했던 거트루드 스타인과 그의 오빠 레오 스타인을 비롯한 미국인 컬렉터들에게 비싸게 판매했다.

다. 그림들이 한쪽 벽에 잔뜩 쌓여 있다. 파울라는 거침없이 그림을 하나씩 넘겼다. 바로 이거야. 이것이 바로 새로운 단순함이야. 세잔이야!

파울라는 파리의 이곳저곳을 열심히 돌아다녔다. 말 세 마리가 끄는 옴니뷔스•는 엄청나게 컸다. 두 마리가 끄는 옴니뷔스도 있다. 줄 맞춰 나란히 서 있는 말들의 모습이 어찌나 장관이던지 파울라는 스케치를 했다. 하지만 가장 볼만한 것은 파리 사람들이다. 파리 사람들은 한 번도 본 적 없는 색깔의 기괴한 모자를 쓰고 예술가들은 캐리커처 속 인물들이 입을 것 같은 옷을 입고 다녔다. 벨벳 양복을 입은 사람, 커다란 넥타이를 펄럭이고 다니는 사람, 망토를 걸친 사람, 토가를 입은 사람도 있다. 남자들은 더벅머리를 길게 기르고 여자들은 머리를 기발하게 장식했다. 학생들은 뷜리에 무도회에 가서 재봉사와 세탁부들과 어울려 춤을 췄다. 커다란 모자를 쓴 사람, 실크 드레스를 입은 사람, 블라우스를 열어젖힌 사람, 펑퍼짐한 자전거 반바지를 입은 사람!

2월에는 파울라의 생일이 있다. 파울라는 클라라와 콜라로시의 학생들을 초대해 파티를 했다. 선물로 커다란 오렌지, 바이올렛, 예쁜 꽃병에 담긴 히아신스 그리고 하프 보틀 샴페

• Omnibus. 오늘날의 버스처럼 정해진 시간에 정해진 노선을 운행하는 합승 마차.

인을 받았다.

*

파리 만국박람회 개관이 코앞으로 다가왔다. 방 가격이 천 정부지로 올랐다. 그런데 파울라는 '거의 같은 가격'으로 캉파뉴 프러미에르 가 9번지에 있는 아틀리에로 이사했다. 더 크고 더 깨끗했다. 파울라의 아버지로서는 이해할 수 없는 논리였다. 그는 항상 돈 걱정을 했지만 춥게 살지 말고 먹는 것에 돈을 아끼지 말라고 딸에게 몇 번이나 다짐을 시켰다. 그리고 공부도 너무 많이 하지 말라고 했다. "바보가 되는 지름길이란다. 일만 해서는 안 돼. 삶을 즐길 줄도 알아야지. 그래야 항상 깨어 있고 변화에 민감한 사람이 될 수 있지."

아카데미에서 있었던 콩쿠르에서 파울라가 1등상을 받았다. 네 명의 교수 모두 파울라에게 표를 주었다. 파울라는 엽서를 보내 부모님에게 1등상 소식을 알렸다. 센강과 노트르담 성당을 배경으로 목에는 메달을 걸고 손에는 붓과 팔레트를 들고 있는 자신의 모습을 그린 감동적이면서도 유머가 넘치는 엽서였다. "인생은 진지하고 충만하고 아름다워요!" 하지만 그림은 잘 그려지지 않았다. 벽에 부딪힌 느낌이었다. 낙담해서 여러 날을 우울하게 보냈다. 파리에 온 지 넉 달째. 파울라는 '다양한 얼굴을 가진 파리'를 돌아다녔다. 파리는 만신창이가 된 채 드레퓌스 사건에서 빠져나온 지 얼마 되지 않을 때였다. 하

25

지만 파울라는 드레퓌스 사건에 대해서는 아무 말이 없다. 한창 축조 중이었던 사크레쾨르 대성당이 매우 아름답다고 생각했지만 파리코뮌에 대해서는 입을 다물었다. 사라 베르나르가 출연한 「시라노 드베르주라크」를 관람했고(너무 프랑스적이었다) 바흐의 '마태 수난곡'을 들었다.

오토 모더존에게도 긴 편지를 썼다. 그녀는 봄에 파리에 있게 돼서 얼마나 기쁜지 또 프랑스 사람들은 얼마나 인생을 즐기며 사는지에 대해 적었다. "우리 독일 사람들이 그렇게 즐겼다면 다음 날 정신을 차리고 난 후에는 도덕적 죄책감에 죽고 말 거예요." 파울라가 보기에 파리 사람들은 **사랑**이라는 말을 입에 달고 살았다. 그것에 영향을 받지 않으려고 노력했다. 어쨌든 이해하기가 쉽지는 않았다. 파울라는 자신이 독일인인 것이 좋았다. 독일인은 단순하고 더 나은 사람들이었다! 그건 그렇고 모더존에게 답장이 온다면 **정말로** 행복할 것 같았다.

친애하는 베커 양! 오토 모더존은 친애하는 베커 양이 예술가로서 그리고 여성으로서 잘되기를 '몸과 마음을 다해' 기원한다고 답장했다. 그림이 너무 많아 아틀리에를 다시 정리하고 있다는 소식도 전했다. 그리고 루브르에 터너의 작품이 있으면 색이 어떤지 설명해달라고 부탁도 했다. 오토는 윌리엄 터너의 그림을 사진으로밖에 보지 못했다.

"모네를 좋아하세요?" 아니다. 오토 모더존은 모네를 전혀 좋아하지 않는다. 퓌비 드샤반을 훨씬 더 좋아한다. 모네의 관심은 오로지 각도와 빛의 변화에만 있다. 습지에서 하루 종일 그림을 그리는 오토는 휙휙 빠른 속도로 그리는 모네에게 냉담했다. 물론 프랑스 회화를 좋아하기는 하지만 오로지 자신의 작업에 집중하는 것이 옳다고 생각했다. "독일인인 것이, 독일인처럼 느끼고 독일인처럼 생각하는 것이 큰 기쁨이기 때문이다."

*

1900년 독일은 제국이었다. 서에서 동으로 알프스산맥에서 발트해까지, 보주산맥에서 수데티산맥까지 독일제국은 유럽의 중심이었다. 알자스와 로렌 지방도 독일 땅이었으며 지금의 체코공화국, 슬로바키아, 폴란드도 독일제국의 일원이었다. 1893년 쥘 페리•는 푸르스름한 보주산맥이 보이는 곳에 묻어 달라는, 패자의 절절한 탄식이 심금을 울리는 유언을 남겼다.

하지만 파울라는 파리에서 환영을 받았다. 파리 사람들은 영국인을 싫어했다. 포토저널리즘이라는 새로운 분야가 생겨

• Jules Ferry. 프랑스 정치인. 교육부장관과 총리를 역임했다. 교육부장관 시절에는 초등학교 의무교육과 무상교육을 실시하여 프랑스의 현대 교육제도를 수립했고, 총리 시절에는 식민지 제국주의 확장 정책을 펼쳐 튀니지를 점령하고 니제르와 콩고를 침략했다.

나 역시 새로 생긴 용어인 '강제수용소'의 사진들이 유통되기
시작했다. 영국은 남아프리카공화국의 보어인들을 굶어 죽게
했다. 강제수용소에서 22000명의 보어인 아이들이(22000명
의 백인 아이들이) 죽었다. 파울라는 거리를 걷다가 영국 여자
로 오해를 받아 모욕을 당하기도 했는데 그럴 때면 독일어로
말했다. 하지만 사람들은 독일인인 척한다며 믿지 않았다.

1907년. 파울라는 너무 일찍 세상을 떠났다. 덕분에 다가
올 대학살을 면했다. 고갱, 세잔, '세관원' 루소는 차례로 1903
년, 1906년, 1910년 세상을 떠났다. 하지만 그들의 작품은 살
아남아 먼 길을 갔다.

파울라는 저물어가는 세기와 새로 다가오는 세기 사이에
끼인 물방울 같은 존재였다. 그 물방울이 터지기 전에 전광석
화처럼 빨리 그려야 했다.

*

하인리히 포겔러는 파울라에게 그녀가 없는 보르프스베
데는 너무 쓸쓸하다고 편지했다. 보르프스베데라는 황량한
벌판, 예술가들은 각자 자기 공간에서 꼼짝하지 않은 채 기괴
하게 살고 있었다. "지평이 좁아졌어요. 모두 집에 틀어박혀 자
신들의 편협한 감정만을 지키려고 전전긍긍하고 있어요." 오버
베크 부부는 자기들끼리만 비밀스럽게 지냈고, 한스 암 엔데

는 항상 짜증이 난 얼굴로 다니며 만나는 사람들에게 침울하게 인사를 했다. "그런데 그가 내 이웃이란 말이죠!" 모더존은 좋은 사람이었지만 아내의 건강에는 철저히 눈을 감았다. 그의 아내 헬레네는 기침을 심하게 했다. 원래 몸이 약한데다 최근에 아이까지 낳았다.

하인리히 포겔러는 브레멘의 부유한 철물상의 아들로 태어났다. 그는 물려받은 유산으로 라파엘전파* 양식의 그림을 그리는 화가가 되었고 아름다운 아르누보 저택 바르켄호프를 장식했다. 그랬던 그가 나중에는 공산주의자가 되어 바르켄호프를 고아원으로 개조하고 사회주의적 사실주의 그림을 그렸다. 첫 부인이 공동체 생활을 견디지 못하고 떠난 후에는 무정부주의자와 재혼했다. 그는 나치에 저항했고 소련으로 이주했다. 하지만 독소불가침 조약이 파기되자 영원히 고국으로 돌아오지 못하고 1942년 카자흐스탄에 있는 강제노동수용소에서 굶주리다 비참하게 눈을 감았다. 20세기 도축장이 만들어낸 너무나 필연적인 귀결 중 하나였다.

*

1900년 5월 파울라는 모더존 부부에게 거절하기 힘든 장

---

* 1848년 영국 화가들이 결성한 미술 운동. 전성기 르네상스 이전의 미술로 돌아가서 중세 고딕과 초기 르네상스 양식으로 그리고자 했다.

문의 편지를 보냈다. "말씀을 드려야겠어요. 꼭 오셔야 해요. 이 말을 드리지 않을 수가 없어요." 그러니까 지금 당장 파리로 와서 만국박람회를 관람하라는 것이다. 박람회가 '입이 다 물어지지 않을 정도로 환상적'이며 자신은 어제도 갔고 오늘도 갔고 내일도 갈 것이라고 했다. 세상의 모든 경이와 세상의 모든 나라가 한자리에 모여 있어요. 오토 선생님은 색에 민감하니 꼭 만국박람회를 관람하셔야 합니다. 모더존 부인, 부인께서 지독한 겨울 독감 때문에 몸이 안 좋은 것은 잘 알고 있어요. 만약 파리에 오실 수 없다면 남편이라도 보내세요. 선생께서는 부인을 두고 혼자 파리에 가겠다는 말은 하지 않으실 테지요. 하지만 듣지 마시고 강하게 말하세요. 일주일이면 충분할 겁니다. 선생께서 생생한 감동을 한아름 안고 집으로 돌아올 거예요.

파울라는 벌써 사람들을 맞을 준비를 다 해놓았다. 숙소, 비용, 1프랑으로 식사할 수 있는 식당을 알아봐두었고 소개해줄 프랑스 화가들도 생각해두었다! 파울라는 화가로서의 모더존의 미래가 매우 밝다고 생각했기 때문에 그가 박람회에 그림을 전시하지 않은 것이 너무 안타까웠다. "다짜고짜 얘기해서 죄송해요!" 몽마르트르 언덕! 봄꽃이 만발한 거리! 루브르 박물관의 조각 전시실! 로댕 전시회! 중국식 홍등 아래서 연주하는 헝가리 오케스트라! 에펠탑! 대관람차! 파리는 정말 특별한 도시예요! 모더존 선생님, 답신에 꼭 파리에 오신다

30

고 말해주세요!

"꼭 오셔야 해요.
파울라 베커 올림.
빨리 오셔야 해요. 더워지기 전에."

*

"친애하는 베커 양의 편지가 보르프스베데에 회오리바람
을 일으켰습니다."

모더존은 파리에 가지 않겠다고 했다. 모더니즘 때문이었
다. 모더니즘의 영향을 받지 않기 위해 그냥 보르프스베데에
있겠다는 것이다. "이곳의 조용한 시골 생활이 품고 있는 매력
이 궁극적으로 모더니즘 운동으로 인해 우리가 궤도에서 이탈
하는 것을 막아줄 것입니다. (…) 저는 여기에 남아 항상 그랬
던 것처럼 저 자신에 더 충실할 것입니다."

그러다가 전보가 도착했다. 그가 온다고.

"모더존 선생님,
오신다고 하니 얼마나 좋은지 모르겠어요.
흥겨운 축제가 될 것입니다."

파울라는 가장무도회가 있어 머리를 단장하러 가야 했다. 모더존 부인에게 안부를 묻고 곧 장미를 보내겠다고 답장했다. "하지만 제가 바라는 것은 부인도 오시는 거예요. 모더존 만세! 야호!"

6월 11일 월요일 오토 모더존, 오버베크 부부, 마리 보크가 파리에 도착했다.

6월 14일 목요일 오토 모더존은 급하게 보르프스베데로 돌아갔다. 헬레나가 세상을 떠났다.

파울라도 돌아가기로 했다. "사랑하는 부모님께. 저의 파리 체류가 이렇게 슬프게 끝날 줄 몰랐어요. 보르프스베데에 돌아가도 슬프고 힘들 거예요. 요사이 모더존 선생과 함께 있으면서 많은 것을 배웠거든요."

II

　1900년 9월. 라이너 마리아 릴케가 친구인 하인리히 포겔러를 보기 위해 조용하고 외진 보르프스베데를 방문했다. 그는 러시아에서 돌아와 프랑스를 여행하는 중에 보르프스베데에 들렀다. 프랑스 여행이 끝나면 이탈리아로 갈 것이다.

　릴케는 유럽인이었다. 프라하에서 태어나 스위스에서 생을 마감했고 십여 개의 외국어를 구사했다. 루 안드레아스 살로메를 사랑했고 그녀를 통해 니체, 톨스토이, 프로이트를 만났다. 그가 쓴 유일한 소설의 주인공은 덴마크인(『말테의 수기』)이고 전설에 따르면 이집트 여인에게 바친 장미꽃 가시에 찔려 죽었다(사실이 아니다. 1926년 백혈병으로 사망했다).

　릴케의 보르프스베데 방문은 대 사건이었다. 당시 이미 유명인사였던 젊은 시인이 마을을 찾아서가 아니라 외딴섬 같은 이곳에 새로운 인물이 나타났기 때문이다.

　릴케가 방문할 즈음 보르프스베데에는 약 열두 명의 예술가들이 살고 있었다. 1889년 오토 모더존, 프리츠 마켄젠, 한스 암 엔데가 처음 정착하면서 예술가 공동체가 만들어졌다. 1895

넌에 하인리히 포겔러가 뒤따라왔고 그후 카를 비넨, 프리츠 오버베크 부부, 클라라 베스트호프, 마리 보크가 합류했다. 그들이 보르프스베데를 선택한 이유는 그들 대부분이 그 근처에서 자랐기 때문이다. 또한 보르프스베데가 아름다운 마을이고 뻥 뚫려 있는 평지이기 때문이다. 그들은 풍경화에 대해, 그리고 풍경을 보는 방식에 대해 같은 생각을 가지고 있었다. 전경(全景)은 그들의 것이 아니었다. 그들은 한 시점, 한 공간, 나무 한 그루, 집 한 채를 그리는 것을 선호했다.

그들이 보르프스베데를 선택한 가장 큰 이유는 보르프스베데가 옛 모습을 그대로 간직하고 있는 **진짜** 독일 시골 마을이기 때문이다. 가난하고 신앙심이 깊은 농촌 마을은 예나 지금이나 달라진 것이 없다. 습지와 숲과 하늘과 그리고 조금 더 가면 나오는 모래 언덕. 창백한 북쪽의 태양과 눈 오는 겨울과 천둥 번개 치는 여름. 흰옷을 입은 부인네들과 누더기를 걸친 이웃들. 투박한 우아함과 불그스레한 얼굴과 금발머리와 자기 그릇. 옛날 그대로다.

릴케는 보르프스베데의 예술가들에 대해 쓴 글에 파울라를 언급하지 않았다.♦ 파울라를 지나친 것에 대해 릴케를 비

♦ 나중에 파울라는 릴케의 글을 읽고 보르프스베데 예술가들보다는 릴케가 더 많이 보였다고 말했다. (1903년 3월 9일)

난할 수도 있겠지만 파울라가 그만큼 보르프스베데 예술가들과 달랐다는 뜻일 수도 있다.

보르프스베데에서 파울라는 하얀 자작나무와 습지와 토탄을 그렸다.[그림1] 파리에서는 잿빛과 마로니에나무 위로 보이는 높은 담벼락과 씨름했다. 미시시피강을 그렸다면 녹색 수염이 난(수염 틸란드시아) 거대한 나무를 그렸을 것이다.

*

2014년 여름. 함메강에서 배를 탔다. 보르프스베데를 지나가는 작은 함메강은 길지는 않지만 폭이 넓다. 구글 어스에서 보면 한 마리의 지네 같다. 강가의 운하들이 지네의 수천 개의 다리처럼 보인다. 함메강은 레줌강으로 흐르고 레줌강은 베저강으로 흐른다. '흐른다'라는 말은 적당치 않다. 강물은 거의 움직이지 않고 물속에는 흙이 질퍽하다. 함메강은 강이 아니라 농부들이 자신들의 손으로 운하를 하나씩 하나씩 만들고 전나무를 한 그루 한 그루 심어 만든 습지다.

배에 앉아서 보면 땅이 높게 보인다. 강가에 빽빽하게 심어져 있는 나무들이 위압적으로 느껴지고 포플러나무는 거대하다. 사방이 하늘이다. 그 하늘을 향해 나무들이 쭉쭉 뻗어 있다. 보르프스베데의 황무지는 독일에서 텅 비어 있는 몇 안 되는 지역 중 하나다. 서쪽으로, 북해 방향으로 조금만 더 가면

네덜란드다. 특별할 것 없는 곳이 풍력 발전 시설로 매우 현대
적으로 보인다. 갑자기 풍차와 저지대가 나타나고 사람들이
많아졌다. 독일은 거기서 끝나고 해안 간척지의 풍광이 시작
된다.

브레멘에서 파리까지 비행기로는 한 시간 반이 걸린다.
1900년 릴케는 노란색 마차를 타고 파리까지 40킬로미터의 거
리를 네 시간이 걸려 도착했다. 마차는 나뭇잎이 부딪히는 소
리를 들으며 힘차게 달렸다.

*

라이너 마리아 릴케와 파울라 베커는 스물넷이었다. 가정
교사가 되고 싶지 않았던 젊은 여자와 군인이 되고 싶지 않았
던 젊은 남자가 만났다. 여자는 파리에서 왔고 남자는 러시아
에서 왔다. 1900년 여름이 끝나갈 무렵 두 젊은이는 세상의 시
작점에 서 있었다.

금발의 자그마한 여성 화가가 "커다란 피렌체 모자를 쓰고
웃고 있었다."

릴케는 친구인 하인리히 포겔러가 젊고 아름다운, 한마디
로 '순진하고 나긋나긋한' 마르타와 결혼하기로 결심했다는
것을 알게 되었다. "전쟁이 끝났군." 릴케의 말에 포겔러도 동

의했다.

하지만 루 살로메가 떠나고 없는 지금 릴케의 전쟁이 시작
되었다. 파울라와 클라라를 처음 봤을 때 릴케는 두 사람이 자
매인 줄 알았다. 하얀 원피스를 입은 갈색머리와 금발머리 자
매는 춤을 추고 싶어 했다.

*

처음 만난 날 저녁 릴케는 파울라에게 황무지의 색채에 대
해 이야기했다. 자신을 불안하게 만드는 색에 대하여, 황혼 녘
의 하늘에 대하여, 어떻게 살아야 할지 모르는 불안한 날들에
대하여 이야기했다.

보르프스베데에서는 천둥 번개가 치면 색이란 색은 모두
사라지고 나무밖에 보이지 않는다. 집들은 불그스레하고 운하
의 물은 마치 빛이라도 만들어내는 것처럼 반짝반짝 빛난다.

화가들은 어떻게 살아야 하는지 알고 있다고 릴케는 생각
했다. 화가들은 언제나 불안을 그림으로 그린다. 반 고흐는 병
원에 입원해서 병실을 그렸다. 화가와 조각가는 몸을 활기차게
움직인다. 이 움직임으로 작품이 만들어진다. 시인인 그는 손
으로밖에 일을 할 줄 모른다. 어떻게 살아야 하는지 모른다.

파울라와 릴케가 처음 만난 날 저녁 클라라도 있었다. 클라라는 습지에서 시체를 봤다. 늙은 노인이었다. 유령 같았다. 릴케는 매일 밤 루 살로메에게 편지를 썼다. 평온한 밤, 자작나무, 달, 어두운 아틀리에를 밝히는 촛불 등에 대해 썼다. 1900년 9월 어느 날 저녁 클라라 베스트호프가 들려준 이야기를 우리는 릴케의 글을 통해 읽고 있다. 시인은 매일 밤 자신의 하루를 루 살로메에게 편지로 들려주었다. 이 장편 연재 서간문은 릴케 사후에 『청춘 일기(Tagebücher aus der Frühzeit)』라는 제목으로 출간되었다. 거기서 릴케는 황무지와 환영과 심연을, 고대의 정원과 유령선이 다니는 운하를 탐험했다.

이곳이 로마제국의 땅이었을 때 간통한 여자는 산 채로 반듯이 눕혀져 토탄 속에 생매장되었다. 지금도 습지에서 전혀 훼손되지 않은 시신이 발견되곤 한다. 천 년 동안 토탄 속에서 공포에 휩싸인 채 입을 벌리고 있던 시신은 세상과 접촉하는 순간 부서지고 만다. 거두어들인 잔해는 교회에 모신다. 석양을 찬미하기 위해 클라라와 파울라가 종을 울렸던 그 교회… 릴케는 루에게 그렇게 썼다.

릴케는 주저했다. 파울라와 클라라 사이에서 마음을 정할 수가 없었다. 삼각관계는 그가 좋아하는 형태의 인간관계다. 평생 그랬다.

　파울라는 초록색 원피스를 입었다. 오토 모더존의 아틀리에에서 처음 입었던 그 옷이다.

　　붉은 장미가 이렇게 붉은 적은 없었다네
　　비가 오던 그날 저녁처럼
　　나는 그대의 부드러운 머리카락만을 생각했다네
　　붉은 장미가 이렇게 붉은 적은 없었다네

　　초록 덤불이 이렇게 어둑한 적은 없었다네
　　비 오는 계절의 기나긴 저녁처럼
　　나는 그대의 부드러운 드레스만을 생각했다네
　　초록 덤불이 이렇게 어둑한 적은 없었다네♦

　클라라는 하얀 원피스를 입었다. "코르셋이 없는 세례복 스타일의 옷을 입었습니다. 가슴 아래를 느슨하게 묶고 세로로 길게 주름이 잡혀 있는 엠파이어 스타일의 원피스 말입니다. 그녀의 아름다운 갈색 곱슬머리는 어두운 얼굴 주위에서 찰랑이고 두 볼을 따라 자연스럽게 내려왔습니다…" 두 번째 만났을 때였다. 약속한 대로 릴케는 자신의 시를 낭독하겠다고 했다. 그래서 모두 앉을 수 있도록 무거운 테이블을 창문을

♦ 『청춘 일기(Journaux de jeunesse)』에 수록된 릴케의 시. 1900년 9월. 필리프 자코트 번역.

통해 밖으로 내놨다. 파울라는 이 광경을 보고 '식탁과의 전쟁'
이라고 했다. 릴케는 이 말을 받아 적었다. 하지만 그날 밤 '여
왕은 클라라'였다. "그녀의 얼굴이 때로 너무 강하게 느껴질 때
도 있지만 (…) 릴케는 그날 밤 그녀가 아름다워 보였다. 그것
도 여러 번."

   세 번째 만난 날 시인은 파울라에게 러시아에서 가져온 기
념품을 선물했다. 그중에는 농민 시인이며 톨스토이의 농노였
던 스피리돈 드로진의 사진도 있었다. 파울라가 그리기 좋아
하는 강한 인상을 가진 얼굴이었다. 클라라가 자전거를 타고
왔다. 세 사람은 오버베크 부부의 집에서 저녁 식사를 했다. 릴
케 옆에 앉은 사람은 파울라였다. 그는 그녀에게 많은 이야기
를 했다. 그리고 오토가 하는 얘기도 들었다. 그는 동물을 기
쁘게 하는 것이 얼마나 힘든지 설명하는 중이었다. 알주머니
를 달고 다니는 거미에게서 알주머니를 훔치면 어떻게 되는 줄
아십니까? 거미가 기겁을 하겠죠? 그 순간 알주머니를 거미줄
에 내려놓는 겁니다. 거미가 당연히 안심을 하겠죠? 그러면서
도 이상하다 생각할 겁니다. 내가 이 길로 왔었나? 하고 말입니
다. "거미 이야기를 하는 오토 모더존의 모습을 절대 잊지 못할
것입니다. 눈을 어찌나 크게 뜨던지 거미가 움직이는 모습이
보일 정도였습니다. 두 손으로는 거미가 등에 알주머니를 다시
올려놓는 모습을 자세히 묘사했습니다." 릴케는 루 살로메에
게 그렇게 썼다.

파울라는 그날 일을 일기에 뭐라고 적었을까? 릴케에 대해 '친절하고 안색이 창백하고 (…) 세련되고 부드럽고 섬세한 시적 재능과 감동적일 만큼 작은 두 손을 가진' 사람이라고 썼다. 릴케는 키가 크고 몸집이 산만 한 카를 하웁트만•과 토론을 벌였다. 하웁트만은 오토 모더존의 친구이고 전투를 벌이듯 철학을 하는 사람이다. 릴케와 하웁트만은 술을 마실 때마다 시 낭송으로 건배사를 하고 잔을 비웠다. "모임이 끝나갈 무렵 두 남자는 서로 무슨 말을 하는지 이해할 수 없을 정도로 취했다." 같은 날 편지에 릴케는 '우스꽝스러움… 독일식 환대의 종착역인 우스꽝스러움'을 견디기 힘들었다고 적었다.

릴케는 남자들을 좋아하지 않았다. 동상과 토템의 남성성을 지닌 로댕은 예외였지만. 릴케는 여자들을 좋아하고 여자들과 어울리는 것을 선호했다. 여자들이 없다면 차라리 혼자 있는 것이 나았다. 혼자 있을 때도 여자들을 생각했다.

*

1900년 가을 추분날 밤 클라라와 파울라는 이웃집 염소의 젖을 짰다. 마법 같은 밤이었다. 두 아가씨는 깔깔거리며 웃고 요정처럼 가볍게 움직였다. 술에 취한 남자들은 두 사람을

• Carl Hauptmann. 독일 시인, 소설가, 극작가. 대표작으로 소설 『마틸데』와 『미소짓는 아인하르트』가 있다. 역시 극작가이며 1912년 노벨 문학상을 수상한 게르하르트 하웁트만의 형이다.

기다렸다. 파울라는 릴케 앞에 사발을 놓았다. 검은 우유가 담
겨 있었다.

검은 우유는 사십오 년이라는 시간이 흐른 후 그리고 두 번
의 전쟁을 거친 후 파울 첼란•이 1945년에 발표한 그 유명한
「죽음의 푸가」에 다시 등장한다.

새벽의 검은 우유 우리는 마신다 저녁에
우리는 마신다 점심에 또 아침에 우리는 마신다 밤에
우리는 마신다 또 마신다
우리는 공중에 무덤을 판다 거기서는 비좁지 않게 눕는다.••
(…)

첼란은 아우슈비츠 수용소에서 석방된 지 석 달 만에 「죽
음의 푸가」를 썼다. 「죽음의 푸가」는 프리모 레비, 엘리 위젤,
샤를로트 델보의 작품들과 함께 나치 강제수용소의 참상을
증언하는 명작이다. 「죽음의 푸가」를 읽은 사람은 남자든 여
자든 이전과 다른 사람이 된다.

• Paul Celan. 독일 시인. 유대인 가정에서 태어난 그는 제2차 세계대전 당시 강제수
용소로 끌려가 가스실 처형 직전까지 갔다가 살아남았다. 1948년 프랑스 파리에 정
착하고 1970년 자살하기 전까지 독일어로 쓴 일곱 권의 시집을 남겼다.
•• 파울 첼란『죽음의 푸가』, 전영애 옮김, 민음사 2011, 40쪽.

『청춘 일기』는 릴케 사후 1942년 독일에서 출간되었다. 릴케의 독일은 소녀와 장미, 환상과 변신의 나라다. 호프만●의 후계자인 릴케는 러시아 전래동화를 번역하고 고골의 소설을 읽고 루 살로메와 함께 서로 다른 상상의 세계, 서로 다른 언어 사이를 여행했다. 1933년에 이미 나치작가협회에 가입한 니체의 여동생은 루 살로메를 '핀란드에서 온 유대인'◆이라며 증오했다. 1942년은 나치 정권에게 영토가 가장 크게 확장된 영광의 해였다. 인젤 출판사는 『청춘 일기』를 출간하며 무엇을 기대했을까? 나치를 찬양하는 합창 말고 다른 목소리를 들려주고 싶었을까? 아니면 건강하고 활기차고, 이성애와 숲과 장미와 숫처녀들로 가득한 영원한 독일이라는 환상으로 독자들을 위로해주고 싶었을까?

너의 금빛 머리카락 마르가레테

너의 재가 된 머리카락 줄라미트

(…) ◆◆ ●●

● E. T. A Hoffmann.

◆ 루 살로메는 러시아인이고 신교도였다.

◆◆ 클라라의 친구가 죽었을 때 릴케는 다음과 같이 썼다. "예부터, 마르가레테, 신은 당신을 너무 빨리 금발머리로 죽게 했다…"

●● 파울 첼란의 「죽음의 푸가」 중 일부. 마르가레테는 전형적인 독일 여인의 이름으로 그 애칭이 그레트헨이다. 그레트헨은 괴테의 작품 『파우스트』에 등장하는 인물로 독일의 영원한 여성상을 의미한다. 줄라미트는 구약성서 「아가서」에 나오는 솔로몬 왕이 사랑한 여인으로 유대인 여성을 대변한다. 즉 「죽음의 푸가」에서 마르가레

첼란과 릴케 사이에는 자오선이 그어져 있다.● 자오선은 지구 위에 그어진 줄이다. 릴케 지점에서 첼란 지점까지 독일이라는 다리가 놓여 있다. 두 사람은 독일어를 다른 독일어로 번역했고 또 독일어를 다른 곳으로 옮겨서 살려냈다. 릴케는 체코슬로바키아의 보헤미아 지방 프라하에서 1875년에 태어났다. 첼란은 루마니아의 부코비나 지방 체르노비츠에서 1920년에 태어났다. 릴케와 첼란 사이에는 어찌할 수 없는 일이라는 것이 있다. 첼란은 유럽 유대인들의 학살을 어찌할 수 없는 일이라 했다. 릴케에서 첼란까지 독일에서 죽음은 더 이상 같은 것이 아니다.

*

릴케는 아틀리에에 있는 파울라를 이렇게 묘사했다. "새로 피어난 아름답고 가냘픈 백합꽃 (…) 끝이 보이지 않는 기나긴 길을 걸어야 영원의 순간에 도달할 수 있다. 마치 전부터 문 뒤에 있었던 신을 갑자기 발견한 듯 놀란 우리는 몸을 떨며 서로를 쳐다봤다. 나는 그곳에서 도망쳐 벌판으로 뛰어갔다."

테의 생명력 넘치는 금발과 수용소에서 재로 변한 줄라미트의 머리카락이 대비되며 독일 여성과 유대인 여성의 상이한 운명이 강조되었다.

● 「자오선」은 1960년 파울 첼란이 독일 최고의 문학상인 게오르크 뷔히너상을 수상했을 때의 연설문이다. 홀로코스트를 겪은 후 다시 독일어로 시를 쓴다는 것에 회의적이던 독일의 지식인들에게 첼란은 자오선이라는 은유를 통해 독일어로 쓰인 시의 존재 이유에 대한 희망적인 메시지를 주고자 했다.

그렇게 도망쳐 릴케는 클라라 앞에 넘어졌다. "윤이 나는 파르스름한 갈대처럼 날씬한 클라라 (…) 말로는 다 표현할 수 없을 만큼 순수하고 고귀해서 누구나 자신도 모르는 사이에 그 모습에 매혹되고 완전히 빠져들고 만다."

릴케에게 있어 여자를 만나는 것은 낯선 땅을 여행하는 것이다. 그는 비행기처럼 이륙을 해서 하늘이나 아름다움 같은 자신보다 더 위대한 것에 사로잡혔다가 더 높은 곳으로 추락한다.

파울라, 클라라, 라이너 마리아. 세 사람이 추는 원무(圓舞)는 황량한 벌판에 페어리 서클(fairy circle)을 만들었다. 다시 땅에 발을 디딘 릴케는 경건함을 느낀다. **프롬(fromm)…** **경건하다…** 릴케와 파울라의 글에 자주 반복되는 단어이며 1900년이라는 시대와 그 시대의 청춘을 대변하는 단어이기도 하다. 프롬은 브레멘에서 온 파울라와 프라하에서 온 릴케에 의해 보르프스베데의 바람을 맞으며 하늘을 날고 있다. 경건함. 릴케와 파울라는 경건함을 종교라는 새장에서 탈출시켜 아이들과 신성한 것에 돌려주었다. 경건함은 두 사람에게 보이지 않는 것을 볼 수 있게 해주었다.

사람을 만나면 우리의 몸에 그 사람의 서명이 남겨진다. 우리는 방명록이 된다. 우리는 사랑하는 사람이 우리에게 준 단어를 습득한다. 릴케가 파울라를 다시 만났을 때 "그녀의 목소리는 실크처럼 너울거렸다."

*

파울라는 릴케에게 당시 문화 깊숙이 스며든 죽음의 미학에 반대한다고 말했다. "당신에게 저의 의견을 피력해도 되겠죠? 그렇죠? 아니, 제가 어떠한 의견을 피력한다고 해도 다 받아들일 것을 당신에게 요구합니다."

*

나는 그녀를 파울라라 부르고 그를 릴케라 부른다. 그를 라이너 마리아라 부를 수는 없다. 그녀도 파울라라 부르지 말아야 할까? 그렇다면 모더존 베커? 결혼 후 그녀는 모더존 베커가 되었다. 전시 도록에도 그렇게 적혀 있다. 베커 모더존은 어떨까? 브레멘에 있는 그녀의 미술관 이름은 베커 모더존 하우스다. 베커는? 결혼 전에 불렸던 그러니까 처녀 적 이름, 아버지가 물려준 이름이다.

베커는 소박하고 꾸밈없는 평범한 독일 성(姓)이다. 파울라 베커는 여자의 이름이고 아버지에게서 물려받은 성 베커에 파울라라는 이름을 붙인 것이다.

여자는 성이 없고 이름만 있다. 여자의 성은 임시로 빌린 것이어서 불안정하고 일시적이다. 그래서 여자는 다른 지표를 찾는다. 그 지표에 따라 세상에 자신을 알리고, '여기 있다'는 것을 증명하고, 창작을 하고 이름을 남긴다. 여자는 남자가 지배하는 세상에 불법으로 침입해서 자신을 창조한다.

*

클라라와 백조. 클라라와 릴케는 연극에 관하여 긴 대화를 나누었다.♦ 클라라의 어린 시절과 릴케의 계획에 대해서도 얘기했다. 릴케는 보르프스베데에 머물며 클라라처럼 계절의 변화를 경험하기로 했다. 파울라의 머리칼이 해 질 녘의 호박색 하늘빛으로 물들었다. 자전거를 타고 있는 클라라는 숨을 헐떡거렸다. "그를 향해 한참 손을 흔들었어요…"

릴케는 어디에 있을까. '커다란 해바라기와 가장자리가 하얀 붉은 달리아꽃 그리고 비단향꽃무'로 가득 찬 진홍색 벨벳 마차 안에 있다. 그는 꽃다발에서 쭉 삐져나온 줄기처럼 빼꼼히 서서 인사를 했다. 꽃과 화환으로 세상을 장식한 아름다운 사람들을 보라. 전날 클라라는 그에게 히스꽃 왕관을 씌워주었다. 그는 손으로 왕관을 꽉 쥐었다. "내 앞에 파리에서 산 아름다운 모자를 쓴 금발의 여자 화가가 앉아 있다." 모자 밑으

♦ 이 대화는 「사물의 멜로디에 대한 단상(Notizen Zur Melodie Der Dinge)」에 담겨 있다.

47

로 보이는 두 눈은 부풀어 오른 장미꽃을 닮았다. 소녀들이 장미꽃과 백합꽃을 들고 돌고 있다. 한껏 부푼 가슴에 꽃잎이 흩날린다. 그해 가을 우리에게 장미꽃은 부족함이 없었다…

릴케가 파울라에게 말했다. "당신은 선하고 고결합니다… 당신은 선하고 고결합니다… 한 번 더 말하면 되돌릴 수 없는 진실이 됩니다."

10월. 보르프스베데의 예술가들은 함부르크를 여행했다. 연극을 관람하고 그림을 감상하고 산책을 하고 토론을 했다. 11월. 릴케는 두 번의 일요일에 파울라에게 시를 보내고 한 번의 일요일에 클라라에게 시를 보냈다. 클라라는 릴케에게 포도가 담긴 바구니를 들게 하고 파울라는 밤나무 가지 다발을 들게 했다. 묵주를 돌리며 기도하는 가톨릭 신자처럼 릴케는 가지를 하나씩 들어올리며 기도를 했다. "가지 하나에 당신을 생각하고 가지 하나에 클라라 양을 생각하고… 종교의식을 흉내냈습니다."

*

릴케는 젊은 여자는 어떠해야 한다는 확실한 생각이 있었다. 젊은 여자는 선하고 고결해야 하며 아름답고 순결해야 하며 금색 머리칼과 갈색 머리칼을 동시에 가져야 한다.

아름답고 순결하고 선하고 고결한 것은 두 명의 여자를 동
시에 갖는 것이다. 두 개의 가지에 핀 한 떨기의 순수한 꽃. 릴
케는 꽃으로 애무하는 방법을 생각해냈다. 그는 두 눈에 장미
꽃잎을 얹고 그 싱싱함으로 눈꺼풀을 서서히 식혔다.

세 사람은 지금은 잊힌, 덴마크 작가 옌스 페테르 야콥센의
아름다운 소설 『닐스 뤼네』를 읽었다. 닐스 뤼네는 환상이라
는 것을 알지만 순수성을 추구한다. 여성의 욕망은 실재하는
것이고 실재한다는 사실이 그를 아프게 한다. 소설은 피오르
근처 농가를 배경으로 성(性)에 환멸을 느끼고 파멸해가는 젊
은 부부에 관한 이야기다.

어린 신부는 이렇게 말한다. "순결한 여자라는 것은 고상
하게 포장된 어리석은 소리에 불과해요! 도대체 자연에 반하
는 그런 소리는 뭐죠? 그 터무니없는 생각은 뭐죠? 왜 당신들
은 한 손으로는 우리를 저 하늘에 있는 별까지 들어올리면서
다른 한 손으로는 땅으로 끌어내리는 건가요? 우리가 남자들
과 어깨를 나란히 하고 이 땅을 걸으면 안 되는 건가요? 순결한
여자라는 굴레를 쓰고는 자신 있게 세상을 살 수가 없어요…
우리를 제발 가만 놔둬요, 부탁이에요. 우리를 제발 가만 놔
둬요!"

*

파울라는 사람을 만나고 우여곡절을 겪고 사랑을 했다. 그러는 동안 고독을 차곡차곡 쌓아올렸다. 그녀는 이미 자기만의 방을 가지고 있었다. 마을 밖에 있는 브륀예스 씨 댁에 방하나를 빌려 아틀리에를 꾸렸다.

"마켄젠이 말하길 힘이 가장 중요하다고 했다. 힘이 모든 것의 시작이라고. (…) 동의한다. 하지만 나는 힘이 내 예술의 근본이 되지 않으리라는 것을 안다. 내 안에서 부드럽게 흔들리고 있는 씨실, 숨을 참고 제자리에서 날갯짓하는 새의 떨림을 느낀다. 내가 정말 그림을 그릴 수 있게 되면 그런 것을 그릴 것이다."

파울라는 마을 사람들을 그렸다.[그림 2] [그림 3] 제목은 없었다. '앉아 있는 여자', '늙은 아낙', '서 있는 여자아이' 등은 파울라가 죽고 포겔러가 처음으로 전작(全作) 도록●을 만들면서 붙인 제목이다. 하지만 파울라는 일기에 자신의 모델들에 대해 적었다. "마이어 부인은 밀로의 비너스처럼 매끄럽고 하얀 커다란 가슴을 가졌다. 관능미가 흘러넘치는 여자다." 그녀는

● 카탈로그 레조네(catalogue raisonné)라고도 함. 작가의 작품 재료나 기법, 제작 시기 등 기본 정보는 물론 소장 이력, 전시 이력, 참고 자료 목록, 작가의 생애, 제작 당시의 개인사, 신체 조건, 정신 상태 등을 집대성한 분석적 작품 총서.

아이를 학대한 죄목으로 징역을 살았다. 안나 뵈트허는 파울라가 '백 번이라도' 그리고 싶다는 젊은 엄마다. 파울라는 그녀를 '나의 금발머리 여인'이라 불렀다. '루벤스 그림에서 방금 걸어 나온 듯한' 뚱뚱한 리자 그리고 렌켄스 부인. 파울라는 알몸의 아이들도 그렸다. 주로 어린 여자아이들이었다. 메타 피욜이라는 아이에게 옷을 벗고 포즈를 취하는 대가로 1마르크를 주었다. 그런 자신이 혐오스러웠다. 구빈원의 노인들과 고아원의 아이들은 다리가 휘고 배가 튀어나왔고 귀 뒤가 지저분했다. 올하이트 할멈, 얀 쾨스터 노인, 포즈를 취하는 동안 실러의 시를 암송한 폰 브레도 노인, 슈뢰더 할멈, 아이 다섯과 돼지 세 마리를 떠나보냈다고 무덤덤하게 말하는 슈미트 노부인… "사람은 죽고 나무는 자라지."♦ 노부인은 여덟 살에 죽은 딸아이가 심은 체리나무를 파울라에게 보여주며 독일 속담을 내뱉었다.

그림에 나온 인물들은 모두 거기에 있었다. 이들의 인생은 서로 관통하고 교차했다. 그녀가 그들에게 준 것 그리고 그들이 그녀에게 준 것은 포즈를 취하는 시간이다. 그 시간은 길다. "궁둥이가 얼얼해!" 한 노인 모델이 말했다. 보르프스베데 벌판을 배경으로 서 있던 얼굴들과 몸뚱이들은 나중에 보르프스베데의 토탄 속에 묻히게 된다.

♦ Wenn de Bom ist hoch, is de Planter dot.

*

파울라는 릴케에게 보낸 편지에 커다란 가슴이나 얼얼한 궁둥이 얘기는 하지 않았지만 '그들이 달빛 아래서 보낸 멋진 저녁나절'에 대해 썼다. 그리고 "당신을 자주 생각합니다"라는 말로 편지를 끝맺으며 마음속으로 그의 손을 잡고 '당신의 파울라 베커'라고 서명했다. 두 사람은 서로에게 끝까지 존대를 했다. 그는 그녀의 백합꽃 아틀리에를 좋아했다. 파울라는 아틀리에 벽을 새로 칠했다. 하단은 군청색으로 상단은 청록색으로 그리고 두 색 사이에는 띠처럼 붉은색을 칠했다. "제가 아틀리에를 나설 때마다 밤은 언제나 위대했습니다."

릴케가 베를린에 가게 되었을 때 파울라는 자신의 사촌인 마이들리를 만나보라고 했다. 어렸을 때 드레스덴에서 파울라와 사촌 마이들리와 마이들리의 여동생 코라가 함께 모래 채취장에서 놀다가 코라가 모래에 파묻혀 죽는 사고가 있었다. "코라가 죽는 찰나 마이들리와 나는 끔찍한 순간이 오리라는 것을 직감하고 그것을 보지 않기 위해 얼굴을 모래 속에 파묻었어요." 코라는 열한 살이었고 자바섬에서도 살았었다. 그 사건으로 파울라는 처음으로 '죄책감'이라는 감정을 경험하게 된다.

우리는 왜 비밀을 털어놓는가? 누구에게 털어놓는가? 사랑을 막 시작한 사람들이 서로에게 비밀을 털어놓는다. 파울라 베커라는 사람이 라이너 마리아 릴케라는 사람에게 편지를 쓸 때는 두 사람이 예술뿐 아니라 고통도 공유한다는 무언의 협정을 맺었다는 것을 의미한다.

*

물론 파울라는 릴케에게 오토 모더존에 대해서도 얘기했다. 그의 그림을 좋아한다고 했다. '깊고 아름다운' 영혼을 가진 축복받은 사람이며 '자신의 손으로 보호해주고 싶은' 남자, '잘해주고 싶은' 남자라고 했다.

릴케가 파울라를 이해하지 못했다면 그것은 이해하고 싶지 않아서였을 것이다.

파울라는 이미 결혼식 준비를 끝냈다. 그녀는 아버지에게 아주 소박한 결혼식이 될 것이라고 편지에 썼다. "오토와 제가 얼마나 실용적인 사람인지 잘 아시잖아요." 오토와 파울라는 9월 12일 하인리히 포겔러의 집에서 약혼식을 했다. 두 사람은 '레드 와인 한 병만 준비했다.' 아버지에게 보낸 편지에 파울라는 포겔러가 웃는 얼굴이었지만 이상하게도 안절부절못했다고 적었다. 그녀에 따르면 사람들이 안 좋은 소리를 할까봐 포겔러가 걱정을 했다는 것이다.

"오토가 매우 검소하고 사려 깊은 사람이라 제가 더 경건한 마음을 갖게 됩니다"라고 파울라는 마리 고모에게 썼다. 릴케도 자주 사용하는 경건이라는 말이 반짝이며 튀어나왔다. "저는 복잡한 사람이고 언제나 가만히 있지 못하고 흥분을 잘하는 성격이라 그의 조용한 손이 저를 진정시켜줄 것입니다."

*

11월 10일 릴케는 파울라에게 결혼을 축하하는 멋진 글을 보냈다. 파울라는 얼마 전에 오토와 약혼했다는 사실을 릴케에게 고백했다.

12월. 젊은 시인은 자신이 '부끄러운 짓'이라고 부른 것에 빠져 살았다. 가을 내내 두 아가씨에게 정성을 들이고 난 뒤 자연스럽게 다른 여자들을 보러 갔다. '깨끗하지 못한 불'인 술로 '자신을 학대하며' 시간을 보냈고 '존중의 표시로 감히 만지지 못했던 것에 끈적거리는 손을 가져다 댔다.'

루가 릴케를 찾아왔다. 상황이 좀 나아졌다. 릴케는 루와 연극을 보러 갔고 인생이 다시 아름다워졌다. 릴케는 루에게 앞으로의 계획과 함께 열심히 일하고 검소하게 살 것이라는 약속이 담긴 시를 써서 보냈다. "잊지 않기 위해 적어놓아야겠습니다. 신이 나를 도와주러 오신다고."

릴케는 클라라와 결혼했다. 충동적이고 갑작스런 결정이었
다. 벌판에 오두막을 짓고 천사들이 꿈꾸는 삶을 살기로 했다.
"결혼반지와 아침이 햇빛을 받아 반짝였다."

*

1901년은 결혼의 해였다. 파울라와 오토, 클라라와 라이너
마리아, 포겔러와 마르타가 결혼했다.

릴케, 오토, 파울라, 클라라 네 사람의 일기를 비교하다보
면 여러 곳에서 구멍이 보인다. 특정 사건에 대해 어떤 사람은
언급했는데 어떤 사람은 전혀 언급하지 않았거나 다르게 기술
해서 오히려 연결을 방해하기도 한다. 일기 자체에 구멍이 있
는 경우도 있다. 출간된 일기에 시간상 틈이 보이는 것은 원본
일부가 사라졌거나 일부러 누락한 것일 수도 있고 아니면 애
초에 존재하지 않았을 수도 있다. 정확한 이유야 모르지만 내
눈에는 분명하지 않은 부분이 너무 많았다.

그 글들은 삶과 글을 일치시키려 했던, 이제는 세상에 없
는 사람들의 것이다. 그들 중 생의 일분일초를 글로 꽉 채운 사
람은 릴케가 유일하다.♦ 하루의 일과가 끝나고 밤이 되면 그는

♦ 릴케의 서간문은 너무 방대한 관계로 프랑스에서는 아직 전집이 출간되지 않고 있
다. 릴케는 시가 써지지 않을 때면 편지를 썼다.

공주들과 유령과 황야의 미라와 검은 우유가 등장하는 환상과 자전적 소설의 세계로 들어갔다.

지금은 나 자신이 수많은 구멍과 틈 사이로 이 글을 쓰고 있다. 이 글은 파울라 M. 베커가 살았던 삶에 관한 것이 아니라 백 년 후 내가 발견한 그녀의 삶의 흔적이다.

*

1900년 가을 내내 그러니까 결혼하기 전 파울라와 오토는 격정적인 사랑의 편지를 교환했다. 하지만 파울라는 아직은 그의 '어린 마돈나'이고 싶었다. 자신의 '붉은 수염 임금님'에게 그림에 집중하라고 조언했다. "피가 끓는 당신의 성상 파괴 욕구는 아직은 좀더 잠을 자고 있어야 해요… 이번 주 내내 우리는 그림을 그릴 거예요. 그렇게 할 거죠?" 토요일에 착한 아이가 되어 그를 보러 가겠다고 약속했다. "잠을 푹 자고 식사는 즐겁게 하세요. 그렇게 할 거죠? 아, 당신!" 두 사람이 가꾸고 있는 사랑의 정원에서 경이로운 검붉은 장미 한 송이를 따기 위해서는 먼저 천 송이의 꽃을 따야 하기 때문이다.

아니다. 그해 가을 보르프스베데에는 장미꽃이 부족함 없이 피었다. 파울라는 일기에 문학적 영양수를 듬뿍 뿌려주었다. 마테를링크*와 릴케를 읽었다. 하지만 세잔과 고갱이 그녀의 그림에 영향을 미친 것만큼 두 작가가 그녀의 글에 긍정적으로 작용한 것 같지는 않다. 파울라의 편지글은 명확하고 유머가 넘쳤다. 그런데 이제 그녀의 글은 하늘의 권좌 위에 비치는 태양이 그녀의 금빛 머리칼과 은빛 두 눈을 애무하는 욕망의 땅에 발을 들여놓은 채 창작의 영광과 영예를 외치며 칼을 휘두르고 있다… 백조, 공주 등의 상징은 그녀를 검은 기름을 뒤집어쓴 갈매기로 만들어놓았다. 그녀의 몸에서 무겁고 끈적거리는 기름이 뚝뚝 떨어졌다.

*

파울라와 오토는 헬레네가 죽은 지 넉 달 만에 약혼식을 올렸다. 포겔러도 당황했다. 연보에 날짜가 그렇게 나와 있다.

공식 확인이 필요하다. 파울라가 가족들에게 보낸 편지에서 결혼식 시기 때문에 삐걱거리는 소리가 있었다는 것을 확인할 수 있다. 아르투어 삼촌(파울라에게 돈을 주었던 관대한 친척이다)에게 11월에 보낸 편지에 파울라는 이렇게 썼다. "내년에 결혼식을 올릴 거예요. 그는 올봄에 아내를 잃고 세상과 사랑을 멀리했어요. 그런데 뜻하지 않게 저를 만나게 된 거죠."

여기서 오토 모더존의 첫 부인 헬레네를 잠시 생각해본다. 그녀는 서른둘에 결핵으로 죽었다. 몇몇 화가들의 편지 속에

●Maeterlinck. 벨기에의 시인이자 극작가.

그녀의 흔적이 남아 있다. 그리고 유일하게 남은 사진 한 장에서 남편 옆에 서 있는 그녀의 모습을 볼 수 있다. 파란 눈, 뒤로올린 곱슬머리, 키가 크고 말랐다. 헬레네의 결혼 전 성은 알려져 있지 않다.

*

2014년 여름 보르프스베데. 구름과 태양이 어찌나 요동을치는지 땅이 호수처럼 일렁였다. 그리고 운하와 빛에 반사된물그림자는 땅 위에 수많은 선을 만들어냈다. 나는 파울라가무엇을 봤는지 궁금했다. 몸통이 희고 검은 자작나무는 선명한 파란빛 운하를 향해 뻗어 있고 물속에는 하늘이 칼처럼 풍덩 빠져 있다. 드문드문 붉은 집들이 보이고 소들은 풀을 뜯고있다. 텅 빈 벌판에는 잘 말린 건초가 쌓여 있다. 이곳의 여름은 여름의 한가운데서 벌써 끝났다.

달이 없는 밤은 칠흑같이 어둡다. 바로 앞에 있는 손이 보이지 않을 정도다. 하지만 모래밭에서 한 줄기의 미광이 올라왔다. 나무 아래에는 한낮의 뜨거운 공기가 머물러 있다. 우리는 스르르 미끄러지듯 나무 아래로 들어갔다. 풀 내음과 여름향기가 났다. 다시 별 아래로 나왔다. 쌀쌀하다. 느닷없이 여름이 가고 가을이 왔다.

그때나 지금이나 달라진 것이 없는 듯 보인다. 하지만 파울

라의 독일과 지금의 독일 사이에는 제1차 세계대전과 1933년●
과 제2차 세계대전과 어찌할 수 없는 일이 존재한다. 독일은 두
개로 나뉘었다가 다시 하나가 되었다. 숲은 이제 더 이상 그 숲
이 아니다.

제발트의 『이민자들』에 이런 구절이 있다. "독일을 생각하
면 내 머리에 제일 먼저 떠오르는 것은 정신착란이야. (…) 자
네도 알아야 해. 내 눈에 독일은 여전히 뒤처지고 파괴되고 무
슨 외국 같은 그리고 잘생겼지만 창백한 그래서 공포스러운 얼
굴을 가진 사람들이 사는 그런 곳이야. 그 사람들은 모두 (…)
웃고 전혀 어울리지 않는 모자를 쓰고 있지. 비행사 모자,
챙 있는 모자, 오페라해트, 방한용 귀마개, 앞이 꼬여 있는 헤
어밴드, 손으로 짠 털모자 그런 것 말이야."

파울라는 괴상하게 생긴 얼굴들을 그렸고 모자도 많이 가
지고 있었다. 하지만 파울라가 살아 있을 때까지 독일은 문제
가 없었다. 그랬다. 1900년 하인리히, 마르타, 프리츠, 오토, 그
리고 수많은 사람들에게 독일은 아무런 문제가 없는 나라였
다. 파울라는 순수한 독일에서 나서 죽었다. 릴케가 모더존 부
부에게 보낸 축하 편지에 적은 것처럼 그때의 독일은 '위대하고
소박하고 고귀한' 나라였다.

●1933년에 히틀러가 독일 총리로 임명되었다.

*

파울라의 부모님은 딸의 결혼을 승낙하는 대신 한 가지 조건을 걸었다. 파울라가 요리 수업을 받는 것이다. 남편에게 맛있는 식사도 차려줄 줄 모르는 딸아이를 결혼시켰다는 소리를 들을 수는 없었다.

파울라는 조건을 받아들였다. 오토도 받아들였다. 모두 받아들였다. 그 조건에 뭐라고 하는 사람은 아무도 없었다. 파울라 베커는 잠시 붓을 내려놓고 두 달간 베를린에 있는 친척 아주머니 집에 머무르며 요리학교에서 수업을 듣기로 했다.

1901년 베를린. 요리 수업은 감자부터 시작했다. 껍질을 벗기고 삶고 굽고 피를 입히고 퓌레를 만들고 국물을 내고 샐러드를 만들었다. 다음으로는 소고기 스튜, 미트로프, 송아지 스튜를 배웠다. 당근 요리 수업이 따로 있고 디저트도 만들었다. 파울라는 주위 사람들을 묘사할 때도 오토에게 요리 수업에 대해 보고할 때처럼 약간 냉소적인 태도를 취했다. 체념하듯 '자신들의 지위가 요구하는 사회적 역할을 완벽하게 수행하고 있는 사람들'이라고 말했다. 그녀가 있는 곳이 부자 동네인 쇠네베르크여서인지 자유로운 파리의 라탱 지구●가 더욱

●파리 센강 좌안 소르본대학을 중심으로 5, 6구에 걸쳐 있는 지역. 역사적으로 유럽

그리웠다. 이곳에서는 스스로가 온실의 꽃들 사이에 피어 있는 야생화처럼 느껴졌다. 그렇다고 자신을 코르셋을 입지 않은 자유로운 여자라고 생각하지도 않았다. 그 거추장스러운 옷이 좋아서가 아니라 '코르셋을 입지 않았다고 표를 내고 다니는 여자들'이 마음에 들지 않았기 때문이다. '분가루', '허영'… 파울라는 소박한 시골 생활이 그리웠다. 여기는 벽밖에 없었다. 자작나무와 들장미가 필요했고 그림을 그려야 했다. 사촌 마이들리와 미술관도 다녔지만 두 달 동안의 요리 수업이 백 년처럼 느껴졌다.

때마침 릴케가 베를린에 있어 그와 자주 만났지만 그래도 요리 수업은 견디기 힘들었다. 보르프스베데에서는 오토와 클라라가 자주 봤다. 네 사람 모두 우정이 영원할 것이라 믿었다.

릴케는 베를린에서 파울라와 처음 만나기로 했을 때 그녀에게 직접 그린 약도를 포함해 자세한 지시 사항을 적어 보냈다. 전차는 20분에 한 번씩 왔다. "요리 수업은 잘 되어가나요?" 릴케가 놀렸다. 파울라가 돌아가자마자 릴케는 녹색 램프 아래서 그녀에게 편지를 썼다. 자정이 넘었다. 그는 남아 있는 그녀의 온기를 느끼기 위해 아무것도 손대지 않고 그대로 두

에서 가장 오래되고(12세기 중반) 규모가 큰 파리 대학교가 있던 곳이다. 수업이 대부분 라틴어로 진행되었기 때문에 라탱 지구라고 불렸다. 지금도 소르본대학을 비롯한 여러 대학과 연구소 등이 소재하고 있어 학생들과 젊은이들이 많은 지역이다.

었다. 친숙한 물건들을 둘러봤다. 사모바르 주전자, 터키 카펫, 아브루초 이불, 가문의 문장(紋章)이 수놓아진 초록색과 금색의 고급 천… 파울라가 먹었던 과일이 남아 있다. 그녀는 우아한 손짓으로 과일의 껍질을 벗겼었다. 껍질 안에 남아 있는 과일 한 조각을 먹었다. 릴케는 '목소리를 가다듬었다.'

"언제 다시 만나는 거죠? 일요일마다 보는 건가요?"

두 사람은 일요일마다 만났다. 파울라는 릴케에게 '작은 선물'을 보냈다. 잠시 빌려준 것이다. 포장이 너무 커서 릴케가 놀라지 않을까 걱정했다. 그것은 파울라의 데생과 크로키가 담긴 스케치북이었다. '노란 꽃'부터 읽어야 한다. '노란 꽃' 이전은 전혀 그녀 같지 않기 때문이다. 반면 '노란 꽃'부터는 너무나 그녀다운 데생을 심심찮게 볼 수 있다. 파울라는 다른 사람들처럼 릴케도 자신의 그림이 차갑다고 느낄까봐 염려스러웠다. 하지만 그러면 나를 이해하지 않을까? 릴케는 스케치북을 보면서 1898년 파울라의 내면에서 환희와 멜랑콜리가 어떻게 부딪혔는지 자신의 눈으로 직접 확인했다. 그때 파울라는 스물둘이었고 노르웨이에 있었다. 남센 강가에서 민들레 홀씨를 날리며 힘차게 뻗은 곧은 자작나무를 보고 강인하고 남성적인 현대 여성을 떠올렸다. 지금까지 살아온 스무 해가 잃어버린 시간은 아닐까 두려웠다. 그러다가 하인리히 포겔러와 마르타가 사랑에 빠지는 것을 보았다. 두 사람의 관계가 너무 다정하고 몽상적이어서 결혼 생활을 견뎌내지 못하리라 생각했다.

릴케는 파울라의 선물에 아름다운 편지로 화답했다. 파울
라의 스케치북은 말들의 껍질 속에 숨어 있는 보석이었다. 그
리고 줄이 끊어진 진주 목걸이였다. 그가 떨어진 진주알들을
주웠다. 그런데 알 하나가 굴러가 그의 방을 밝혔다. 아니다,
소중하고 성실한 친구는 인생의 첫 스무 해를 잃어버리지 않
았다. 아쉬워할 만한 그 어떤 것도 잃은 것이 없다. 그녀는 흔
들리지 않았다. 자신의 그림에서 그것을 느낄 수 있을 것이다.
"과거에도 그랬고 지금도 그렇고 앞으로도 그럴 것입니다. 우
리 안에, 우리의 고독 속에, 우리의 고요한 시간에 스며들어 있
습니다."

릴케는 파울라에게 자신의 예술 세계에 대해 말했다. 그녀
주위에 있는 사람들 중 그녀에게 예술에 대해 말하는 사람은
거의 없었다. 아니, 아무도 없었을 것이다. 릴케는 파울라의 자
신감과 강인함을 칭찬했다. "여성 화가여, 내가 당신에게로 왔
습니다." 여성 화가. die Künstlerin. 릴케에게 보여준 데생은 그
녀 안에 있는 빛과 생명이었다. 릴케는 그녀에게 그림을 보여
달라고 고집해야 했다. 아틀리에에서 파울라와 이야기를 나
눌 때 운하와 다리와 하늘이 있는 풍경화가 그녀 뒤에 있었다.
하지만 릴케는 '그녀의 말을 보고' 싶어 그녀에게서 한순간도
눈을 떼지 않았다. 지금 파울라의 그림이 보고 싶어졌다. 그런

데 기억이 잘 나지 않는다. 다행히 다른 그림을 기억해냈다. '소
녀들이 손을 잡고 큰 나무 주위를 돌고 있는' 그림이었다. 색과
움직임이 이미 완벽하게 마무리되었고 한 아이가 고요한 나무
를 두 팔로 안고 몸을 숙이고 있다. "당신이 차를 준비하고 있
는 동안 저의 두 눈은 의식적이든 무의식적이든 그 그림의 이
미지로 채워졌습니다. 큰 위로가 아닐 수 없습니다."

파울라도 릴케도 서로의 결혼 계획에 대해서는 입을 다물
었다. 두 사람의 편지를 읽으면 세상에는 두 사람밖에 없는 듯
보인다. 매우 순결하고 강렬한 축복을 받은 일요일… **프롬**…

어느 날 릴케의 편지에서 클라라의 이름이 튀어나왔다. 다
음 일요일에 만날 때 어쩌면 **아름다운 클라라** 양도 함께할 수 있
을 거라고 했다. "일요일에 저에게 같은 시간을 할애하여 주시
는 거지요? 어쩌면 한 시간 더 있어줄 수 있지 않을까요?"

*

오토는 파울라의 크로키가 훌륭하다고 생각했다. 하지만
파울라는 보여주지 않고 숨기려고만 했다. 그래서 오토는 꼭
벌을 하겠다고, 무슨 벌인지는 상상에 맡기겠다고 썼다. 오토
의 어조는 **프롬**이 아니었다. 또 파울라가 사랑한다는 말은 하
지 않고 늘 그림 이야기만 한다고 불만을 표시했다. 격정적인
오토의 편지는 매우 조심스럽게 부쳐졌다. 친구인 포겔러가

우편 봉투를 썼고 우편엽서인 경우에는 서로 존대를 하고 '모
더존 선생님', '정중히 인사를 올립니다'와 같은 격식을 갖춘 표
현을 썼다. 그런 복잡한 절차가 파울라는 우습다고 생각했다.
친척 아주머니가 포겔러라는 남자에게서 왜 이렇게 많은 편지
가 오냐고 하실 것 같아 걱정이 되기도 했다. 하지만 오토를 사
랑하니까 노력했다. 파울라는 오토에게 아기를 언급했다. 릴
케가 읽어주었던 '수태고지'에 대해 말하기도 했다. 그녀는 조
용히 손을 모으고 글로 옮기지 못한 자신의 마음이 자신의 숨
결을 타고 그에게, 오토에게 전해지기를 소망했다. 가끔 파울
라는 '열정적인 키스'를 보냈다. 그것이 파울라가 오토에게 보
내는 '사랑의 편지'였다. 그녀는 자신이 처녀이기 때문에 머뭇
거려진다고 말했다. '마지막 베일이 걷힐 때까지' 조용히 정성
을 다해 처녀성을 지키고 싶다고 했다. 파울라는 '속이 비치는'
잠옷 몇 벌을 샀다고 오토에게 썼다. 한 번은 실내복 안에 아무
것도 입지 않고 편지를 쓰고 있어서 배가 싸늘하다고 쓴 적도
있다.

　매우 피곤하다고도 썼다. 그러니 사랑하는 약혼녀가 겨울
잠을 자도록 놔두고 봄이 올 때까지 기다리라고 했다. 그것에
대해서는 더 이상 말하고 싶지 않다면서.

　파울라는 오토에게 그와 헬레나 사이에서 태어난 엘스베
트의 사진을 부탁했다. 그리고 베를린에서 괜찮은 드레스를

한 벌 살 수 있도록 50마르크도 보내주면 고맙겠다고 했다. 하지만 보내주지 않아도 섭섭해하지 않을 것이라고도 했다.

오십 년 뒤 라캉은 남자와 여자 사이에 성관계는 존재하지 않는다고 말했다. 정확한 의미는(라캉이 처음 언급했을 때 의미했던 것은) 글로 적을 수 있는 성관계는 존재하지 않는다는 것이다.

파울라가 사고 싶어 했던 괜찮은 드레스는 웨딩드레스였다.

*

결혼을 앞둔 딸에게 아버지는 진지하게 충고했다. 여자는 결혼하면 자신은 잊어버리고 남편의 뜻을 따라야 한다고. 조화로운 가정을 유지하는 것이 아내의 책임이기 때문에 자기만 생각해서는 안 된다고 했다. 아버지는 파울라가 이기적이라고 나무랐다. 오토에게 이미 안락하고 현대적인 집이 있는데도 오래된 농가로 이사해서 구닥다리 물건들로 집을 꾸미려 하고 있지 않은가. 더구나 포겔러를 흉내내려고.

볼데마르 베커는 불평이 많고 침울한 성격이지만 근본적으로 다정한 사람이었다. 당시 몸이 많이 좋지 않았다. 딸의 지참금으로 그는 1000마르크를 준비했다. 철도 공무원 퇴직자에게는 적지 않은 돈이었다. 파울라는 200마르크로 줄이려고 오토에게 아프신 아버지를 뵈러 가라고 부탁했다. 온 하루를 써야 하기 때문에 무리한 부탁이지만 자신이 요리를 배우는 데 두 달을 희생한 사실을 상기시켰다.

파울라의 가족, 특히 어머니는 파울라가 베를린에서 좀더 요리를 배우기를 바랐다. "어머니, 요리 배우는 데 충분한 시간을 썼어요. 이제는 우리를 숨 막히게 하는 상황에서 벗어나는 것이 좋겠어요." 그녀의 영혼은 '아사 상태'였다. 그녀는 위대함과 아름다움을 원했고 오토와의 결혼 생활에서 그것을 찾을 수 있다고 생각했다. 릴케가 자신의 결혼식 전날 그랬던 것처럼 파울라도 소란스럽고 관습에 얽매인 도시 생활과 일과 가정의 신성함을 대비시켰다. 소박한 자신의 침대에 얼마나 눕고 싶은지 모르겠다고 천진난만하게 오토에게 썼다.

*

1901년 5월 오토와 파울라는 신혼여행으로 독일 일주 여행을 떠났다. 베를린과 드레스덴에 갔고 프라하도 잠깐 들렀다. 슈라이버하우에 살고 있는 친구 카를 하웁트만 부부를 방문해서는 함께 수데티산맥에서 하이킹을 했다. 오토와 파울라는 슈라이버하우가 너무 관광지 같다고 생각했다(현재는 폴란드 영토 슈클라르스카 포렝바로 스키 리조트로 유명하다). 엘베강의 발원지인 크르코노셰산맥에 있는 슈네그루벤바우데(현재는 체코와 폴란드 국경에 있는 시니에지네 코트위

산)에도 올랐다. 신혼부부는 베르사유 조약 이전의 독일, 거
대한 제국이었을 때의 독일을 여행했다.

하지만 황무지 사람들인 파울라와 오토에게 산은 그다지
큰 인상을 주지 못했다. 두 사람은 서둘러 뮌헨으로 떠났고 뮌
헨 근교에 있는 다하우를 끝으로 신혼여행을 마무리했다. 신
혼여행지로 다하우가 이상하게 들리겠지만 당시에는 예술가
공동체로 유명한 도시였다. 보르프스베데 다음으로 두 번째
로 규모가 큰 예술가 공동체였다.

오토는 성공한 화가였다. 얼마 전에도 「숲속의 여인」을
2000마르크에 팔았다. 파울라는 이 기쁜 소식을 황금주머니
들이 띠처럼 둘러져 있는 우편엽서에 적어 부모님께 알렸다. 오
토도 여행 소식을 그림으로 전했다. 베를린의 돔 건물과 교회
앞에 서 있는 우아한 여행복 차림의 파울라, 프라하에서는 잠
옷을 입고 벼룩을 잡고 있는 파울라 등을 엽서에 그려 보냈다.

부모님에게 보내는 파울라의 편지는 밝았다. 하지만 심상
치 않은 몇몇 은유적 표현도 눈에 띈다. '파도가 우리를 삼켜버
릴 것 같다.' '독일 일주 여행이 쇠목걸이처럼 우리의 목을 옥죄
고 있다.' '머리를 식히기 위해 혼자 산책을 나갔다.' 파울라는
피곤했고 하루라도 빨리 이젤 앞에 다시 앉고 싶었다.

당연히 첫날밤 이야기는 없다. 둘째 날 밤 셋째 날 밤 이야기도 없다. 벼룩과 하늘거리는 잠옷 이야기밖에 없다. 결혼을 할 때 클라라와 파울라가 숫처녀였을 것으로 추측되지만 두 사람은 1900년의 다른 독일 부르주아 아가씨들보다 인체에 대해 훨씬 더 많이 알고 있었다. 뒤틀리고 성하지 못한 비참한 모습의 보르프스베데 어머니들을 그리지 않았던가.

12월에 아버지가 돌아가셨다. 파울라가 결혼한 지 8개월이 되던 때였다. 마르타 포겔러와 클라라 릴케는 임신을 했다. 파울라는 자신은 아직 준비가 되지 않았다고 생각했다. 오토의 네 살배기 딸 엘스베트가 있고 또 둘의 사이가 좋아지고 있다고 일기에 적었다.

열정적인 붉은 수염 임금님과 어린 마돈나의 성적 결합은 쉽지 않았던 것 같다. 두 사람의 편지를 보면 오토가 출발을 앞둔 기관차처럼 '가장 소중한 것', '우리 사랑의 절정'을 기다렸던 반면, 파울라는 부드럽고 하늘하늘한 꽃무늬 리본으로 묶은 '향기로운 베일이 드리워진 행복의 순간'을 고대했던 것처럼 보인다. 이런 은유가 아기를 의미하는 걸까? '성행위가 불가능했던 것'이 오토의 책임이 아니었을까? 어쨌든 오 년 후인 1906년 파울라가 클라라에게 고백한 것을 클라라가 릴케에게 편지로 전한 내용을 보면 그랬다.

첫날밤에 오토와 파울라가 성관계를 가졌는지 갖지 않았
는지 말해줄 사람은 이제 없다. 나는 성관계라는 말을 들으면
콩소메와 콩소메에 떠 있는 기름이 연상된다.• 차라리 그림을
감상하고 싶다.

사라진 육신들. 부서진 육신들. 그들의 맹렬했던 욕망과 진
실한 열정은 먼지가 되었다.

• 콩소메(Consommé)는 고기와 채소를 푹 고아 우려낸 맑은 수프를 말하는데 동사
형인 Consommer(콩소메)에 '성관계를 하다'라는 뜻이 있다.

III

"사랑하는 클라라, 나의 작은 아틀리에로 달려올 생각은 없는 거니? 너를 기다리는 사람들이 많아. 그중에는 결혼한 지 얼마 안 된 새 신부도 있어. 너를 기다리다 지쳐 새 신부가 울고 있단다. 너를 사랑하는 파울라 베커."

파울라가 베를린에서 요리를 배우는 동안 두 사람 사이에 냉랭한 기운이 처음으로 감지되었다. 어느 일요일 파울라가 릴케의 집을 방문했을 때 클라라가 와 있었다. 모임이 끝나고 파울라는 집으로 돌아갔지만 클라라는 남았다. 그날 파울라는 릴케와 클라라가 약혼했다는 것을 알게 되었거나 눈치챈 것이 분명하다.

1901년 가을, 클라라의 배가 많이 불렀다. 파울라는 일기에 이렇게 적었다. "이제 클라라 베스트호프에게는 남편이 있다. 클라라의 인생에 더 이상 내 자리는 없다. 익숙해져야 한다. 하지만 씁쓸하다. 클라라와 정말 좋았었는데."

어쩐 일인지 파울라는 클라라에게 분노로 가득 찬 편지를 보냈다. 클라라가 마음을 좁게 쓰고 사랑을 위해 우정을 버리고 왕이 밟고 다니는 모포처럼 바닥에 바짝 엎드려 결혼 생활을 하고 있다고 비난했다. 그리고 다시 '황금 망토'를 걸치라고 친구에게 애원했다. 릴케에게도 '사냥개'처럼 달려들었다. 화려한 도장으로 우아하게 편지에 서명이나 하고 있다고 그를 조롱했다. 파울라는 자신이 그를 뒤쫓고 추적할 충분한 이유가 있다고 했다. 자신은 단순하고 변하지 않는 독일인의 마음을 가졌으며 그런 마음을 릴케가 짓밟을 권한이 없다고도 했다. 또 그가 '9번 교향곡처럼 사랑이 넘치는 마음'을 가진 자신의 영혼을 황금 사슬로 옭아매려 했다고 원망했다. "내 남편과 나는 단순한 사람들이야!" 파울라는 릴케가 수수께끼를 좋아하고 모호한 행동으로 자신들에게 상처를 주었다고 했다.

유머가 아주 없지 않은 글이지만 반응은 격렬했다.

릴케는 파울라가 무슨 소리를 하는지 모르겠다고 답했다. "아무 일도 없었습니다. 오히려 좋은 일이 많이 일어났습니다. 이런 좋은 일이 일어나지 않기를 당신이 바랐기 때문에 오해가 생긴 것입니다." 그는 클라라가 재능을 펼칠 수 있도록 돕지 않는다며 파울라를 비난했다. 처음부터 클라라가 독특한 사람이고 혼자 있는 것을 좋아해서 클라라를 좋아하지 않았는가? 클라라의 성격은 고귀하고 비길 데 없이 낯설고 냉정하다. 숭고한 클라라는 지금 파울라가 있는 곳을 지나 더 높은 곳인 고독에 침잠해 있다. 하지만 어느 날 문을 활짝 열고 파울라를 다시 받아들일 것이다. 나 역시 아내를 존중하기 때문에 문 밖에 있는 것이다. 그것이 부부이고 또 그것이 우정이다. 릴케는 그렇게 반박했다.

매우 시적인 글이지만 반응은 격렬했다.

파울라는 침묵을 지켰다. 오랫동안 입을 열지 않았다. 3개월 후 파울라는 문으로 보호받고 있는 고독이 고독인가라고 일기에 질문을 했다. 진정한 고독은 오히려 문을 활짝 열고 있어야 하는 것 아닌가? 서로 손을 잡고 초원을 걸어 다녀야 하는 것 아닌가?

릴케의 답장은 오토를 분노케 했다. 문을 비유로 든 것은 그가 보기에 지독히 오만한 태도였다. 거대한 클라라가 지나다니려면 그 문이 엄청나게 커야 할 것이라고 조롱했다. 어쨌든 릴케는 '비독일적'이었다. 파울라는 릴케를 형용하는 단어로 Undeutsch, 비독일적이라는 단어를 사용했다. 당시 널리 퍼지기 시작한 이 단어는 나중에 끔찍한 비극으로 이어진다. 비독일적이라는 말은 아리아인이 아니고 여성적이고 퇴폐적이고 유대인이라는 뜻으로 변한다. 1933년부터 이미 나치는 비독일적인 책을 불태우기 시작했다. 츠바이크, 프로이트, 브레히트, 마르크스, 레마르크, 하이네, 지드, 프루스트, 로맹 롤랑, 바르뷔스, 더스패서스, 헤밍웨이, 고리키…

오토는 브레멘 미술관이 반 고흐의 작품을 구매하도록 격려한 유일한 화가였다. 예술은 국경에 관심이 없다고 그는 생각했다.

*

1902년 1월 2일 파울라는 하웁트만 부부에게 보낸 연하장에서 아기들이 세 명이나 태어났다고 좋아했다. 릴케, 포겔러 그리고 이사 온 지 얼마 안 된 화가 파울 슈뢰터가 새로이 부모가 되었다. "세 집 모두 요람에 여자아이가 자고 있답니다. 축복이 아닐 수 없어요."

「베스터베데와 파리 일기」 1902년 1월 29일. 릴케는 짧은 글을 남겼다. "피로. 걱정. 일 년 전 오늘 클라라 베스트호프가 베를린에 왔다."

1902년 2월 클라라는 파울라에게 생일 축하 편지를 쓰던 손을 멈췄다. 사이가 소원해진 이후 처음으로 쓰는 편지다. 딸 루트가 태어난 지 넉 달이 됐다. 젊은 엄마는 다시 펜을 들었다. "안타깝게도 항상 집에 붙어 있어야 해. 예전처럼 그냥 자전거에 올라타서 마음 내키는 대로 돌아다닐 수가 없어. 또 예전처럼 지상의 내 모든 소유물을 보따리에 싸서 등에 지고 다른 곳에서 내 인생을 다시 시작하는 것이 불가능해졌어. 이제 이 집이 내 인생이야. 하지만 집은 아직 완성되지 않았고 나는 집을 계속 짓고 있어. 여기 이 집이, 나를 둘러싸고 있는 것이 내 세상의 전부야."

버지니아 울프는 『자기만의 방』에서 여자들이 받는 교육이란 이기심을 버리고 자신보다 더 이기적인 존재를 보살피는 일에 익숙해지도록 만드는 것이라고 했다. 더 이기적인 존재가 젖먹이든 남편이든 상관없다. 이제 클라라 베스트호프는 클라라 릴케가 되었고 글을 쓰던 손을 다시 멈췄다.

"클라라가 당신에게 편지를 쓰려고 했지만 일을 하느라 손이 묶여 있었습니다. 클라라와 당신 사이가 갑자기 소원해진데에는 제 잘못이 큽니다. 제가 그 소중하고 가까운 사람에게 새로운 인생, 낯선 걱정거리와 짐을 주었기 때문이죠. 그래서 클라라가 변한 것입니다. 아주 많이. 우리 부부가 멀게 느껴질수도 있겠지요. 우리를 불안하게 한 골치 아픈 문제가 있었습니다. 누구와도 상의할 수 없는 문제였죠. 당신은 모르실 겁니다. 혼자 있는 시간이 우리에게 얼마나 필요했는지." 그해 겨울 릴케는 파울라에게 그렇게 적어 보냈다.

모더존 부부는 릴케 가족이 겪고 있는 경제적 어려움에 대해 전혀 몰랐다. 보르프스베데에서 멀지 않은 베스터베데에 있는 그들의 작은 집은 불조차 뗄 수 없는, 거의 폐가나 다름없는 집이었다. 돈도 없었다. 클라라는 딸에게 젖을 먹이는 사이

사이 조각가의 경험을 살려 무너진 벽을 수리했다. 릴케의 사촌들은 릴케가 결혼을 하고 아이를 낳자 유산으로 받은 '장학금'을 중지시켰다. 그동안 릴케를 경제적으로 도와주던 아버지도 사정이 여의치 않았다. 아버지는 아들에게 프라하에 있는 은행에 일자리를 알아봐주었는데 릴케는 은행에서 일하는 것은 자신의 존재를 부정하는 것이라며 거부했다.

게다가 릴케는 아이 우는 소리를 잘 견디지 못했다. 시를 쓰는 데 방해가 된다고 아이를 클라라의 어머니에게 보내버렸다. 일 년 뒤 가족이 재회했을 때 아이는 엄마 아빠를 알아보지 못했다.

*

클라라와 라이너 마리아가 같이 산 기간은 이 년이 채 못된다. 두 사람은 이혼하지 않고 여름에 딸과 함께 보내는 며칠을 제외하고는 떨어져 살았다. 하지만 오랫동안 서신 교환은 멈추지 않았다. 릴케는 드넓은 유럽으로 사라졌다. 릴케는 일기에 이렇게 썼다. "클라라가 나를 만난 것은 불행이었다. 나는 그녀가 훌륭한 예술가와 좋은 아내가 될 수 있도록 뒷받침해줄 능력이 없다." 클라라와 루트는 릴케의 장례식에 초대받지 못했다. 죽기 한 달 전 많이 쇠약해졌을 때도 시인은 아내와 딸을 보기를 거부했다. 말을 듣지 않으면 해외로 가버리겠다고 위협까지 했다.

오늘날 클라라 베스트호프를 기억하는 사람이 있을까? 릴케와 주고받은 편지와 릴케의 일기가 남아 있다. 그리고 파리에서 보낸 일요일이 남아 있다. 두 사람은 일요일에만 만났다. 기메 박물관, 루브르 박물관, 베르사유 궁전, 동물원… "우리에게 더 이상 남아 있는 것은 없다. 함께했던 산책 말고는…" 그렇다. 클라라와 보낸 일요일이 남아 있었다.

*

릴케는 로댕에 대한 글을 쓰기 위해 파리로 갔다. 클라라가 릴케를 로댕에게 소개해주었다. 릴케는 로댕의 비서로 시작해서 친구가 되었다. 로댕의 곁에서 생활비도 벌었지만 그보다 더 많은 것을 얻었다. 릴케에게 로댕은 기념비적 인물이고 예술의 화신이다. 보르프스베데 예술가들을 곧바로 아마추어로 만들어버리는, 형이상학적이고 선구적인 예술의 화신이다. 릴케에게 모더존과 그의 동료들은 공동체 안에 갇혀 있는 소심한 사람들이었고 파울라와 오토의 집을 방문하는 것은 '전혀 즐겁지 않았다.' 보르프스베데의 '모든 것이 매우 낯설게 느껴졌다.'

그중에서도 포겔러는 릴케가 보기에 예술가가 아니라 예술가인 척하는 사람에 불과했다. 릴케의 비판은 포겔러에서 멈추지 않고 그의 어린 두 딸에게로 향했다. 태어난 지 얼마 안 된 포겔러의 둘째 딸 이름이 헬레네 베티나였는데 릴케는 이름이 너무 구식이라고 생각했다. 안쓰러운 아버지가 손대는 모든 것이 그렇듯 아기는 태어나자마자 옛날 사람이 되어버렸다고 했다. 딸을 버리다시피 한 아버지가 하는 비난치고는 과하지 않을 수 없다.

1906년 릴케는 파울라의 그림을 한 점 샀다. 어린아이를 그린 작은 그림이었다. 두 볼이 물방울처럼 통통하고 어깨에는 엄마의 커다란 손이 얹어져 있다.[그림11]

*

남편과 아내는 싸웠다. "예술가와 산다는 것은 완전히 새로운 문제에 직면해야 한다는 뜻이다." 릴케는 클라라에 대해 그렇게 썼다.

반면 오토는 자신을 제외한 어느 누구도 파울라를 이해하지 못한다고 생각했다. "그녀가 누군가가 되었고 무언가를 이루고 있는 중이라고 생각하는 사람은 없다. (…) 그녀는 혼자 싸우고 있다. 언젠가 세상을 놀라게 할 것이다(나를 놀라게 한 것처럼). 어서 그날이 오기를! 그리고 좋은 주부가 되기 위해 열심히 배우고 있다. 솜씨가 벌써 포겔러 부인 못지않다."

1902년 7월 오토는 파울라가 과수원을 배경으로 그린 엘스베트 초상화를 보고 깜짝 놀랐다. "망치로 머리를 얻어맞은 기분이다. (…) 그녀와 나, 경쟁이 시작되었다." 특히 오토는 파울라의 놀라운 색채 감각에 경탄을 금치 못했다. 하지만 때로는 아내로서의 의무를 소홀히 하는 **동료** 화가의 독립성과 자부심이 못마땅하기도 했다.

남편이 시부모님을 만나러 가 집을 비웠을 때 파울라는 남편에게 편지를 썼다. 지금 내가 얼마나 자유로운지 그래서 얼마나 황홀한지 모를 것이다. 혼자 벌판을 걷는 것이 너무 좋고 다시 파리에 가고 싶다. 거기에 더해 지금 당신이 그리고 있는, 웅장한 작품이 될 것이라고 기대하는 그 그림은 잔뜩 힘만 들어가 있다고 남편의 그림에 대한 자신의 감상평도 적어 보냈다.

*

"결혼한 첫해 나는 많이 울었다. 아이처럼 엉엉 울었다. (…) 결혼을 해보니 결혼이 행복을 가져다주지 않는다는 것을 깨달았다. 결혼은 평생을 함께할 동반자에 대한 환상, 지금까지 모든 공간을 채워왔던 믿음을 무참히 깨버린다. 결혼을 하면 이해받지 못하고 있다는 감정이 배가 된다. 결혼 이전의 삶은 나를 이해해주는 사람을 찾는 시간이 아니었던가. 환상 없이 그렇게 위대하고 쓸쓸한 진실과 일대일로 마주하는 것이 차라리 낫지 않을까? 1902년 부활절 일요일에 송아지 고기를 굽는 동안 식탁에 앉아 가계부에 이 글을 쓰고 있다."

*

일상, 요리, 사물의 물질성. 아침 햇살이 가계부 위로 떨어진다. 멜랑콜리한 송아지 구이.

파울라의 일요일.

주중에는 가정부 베르타가 아침 일곱 시부터 저녁 일곱 시까지 집안일을 하고 엘스베트를 돌봤다. 오토는 돈을 잘 벌었고 파울라에게 아틀리에도 얻어주었다. 파울라의 부모님도 부자는 아니었지만 기회가 될 때마다 딸을 도왔다. 특히 외가 폰 뷜칭슬뢰벤 가문은 파울라에게 큰 버팀목이 되어주었는데 자산가인 아르투어 삼촌은 파울라가 힘들 때마다 지원을 아끼지 않았다.

물론 먼저 부탁을 해야 한다는 문제가 있지만.

"가장 확실한 치료약은 연금 1만 프랑이야!" 같은 시기에 쥘리앙 아카데미에 다녔던 여성 화가 소피 스하피●가 한 말이다. 삼십 년 후 버지니아 울프도 『자기만의 방』에서 연금 500리브르를 받았으면 좋겠다는 소망을 피력했다.

● Sophie Schaeppi. 스위스 화가. 도자기에 그린 그림으로 유명하다.

*

1900년 11월 파울라는 보르프스베데 교회를 그렸다. "회색 하늘에 흰 구름이 빛을 발하고 붉은 벽이 축축한 가을날 분위기에 깊숙이 젖어 있다." 파울라는 캔버스 앞에서 고집스레 공부하면서 파울라 베커를 알아갔다. 오빠 쿠르트에게 이렇게 썼다. "나처럼 어린 여자는 여전히 무지한 존재야. 여러 소식을 알리는 다양한 종소리를 들었어. 하지만 어떤 종소리가 어떤 소식을 알려주는 것인지 모르겠어. 그것이 바로 여자의 결점이야. 타고나는 것인지 아니면 습득되는 것인지 우리의 손녀 손자들이 알려주겠지?"◆

그래서 파울라는 클라라와 함께 밀렵을 하듯, 내 것이 아닌 것을 훔치듯 불법으로 종을 쳤다. 그녀는 요리 수업 말고 다른 수업을 찾아내는 데 성공했다. 종의 줄로 목을 매겠다고 위협하며 줄을 가지고 장난했다. "교회, 아이, 요리(Kirche, Kinder, Küche) 3K는 독일 여성 교육의 핵심이다."◆◆

◆ 릴케는 클라라의 첫 스승(조각가 막스 클링거)이 한 말을 상기시켰다. "클라라에게 모든 길을 보여주기 위해 어마어마한 노력을 기울여야 했습니다. 그래서 젊은 여자가 성공하는 것이 결코 쉽지 않습니다."

◆◆ 패권적 팽창 정책을 썼던 빌헬름 2세(재위 1888~1918)가 주창한 3K 정책은 19세기 말 크게 도약해 나치 시대에 정점에 달했다.

파울라는 어른이 되어가는 여자아이들을 그렸다. 주로 하늘을 배경으로 아래에서 위를 향해 그렸다. 마르타 포겔러는 금발의 젊은 여성이다. 이마가 넓고 시선이 신중하고 얼굴이 갸름하다. 왼쪽에 나무 한 그루가 있고 검정 원피스에 하얀 앞치마를 걸쳤다. 빨간 블라우스를 입고 머리를 풀어 내린 여자아이와 흐린 하늘 같은 회색빛 투명 베일을 쓴 아이도 있다. 금방이라도 울음을 터뜨릴 듯한 슬픈 눈을 가진 여자아이의 정면 모습, 삼각형 언덕을 배경으로 지평선처럼 둥근 이마와 코, 턱을 가진 여자아이의 옆모습도 있다.

스물다섯의 여자가, 여자가 되어가는 소녀를 그린다. 젊은 신부가 더 어린 신부를 그린다. 두 여자는 침묵을 공유하고 있다. 시간은 심장처럼 뛰고 그림 속 태양은 언제나 흐릿하다. 세상 어느 곳도 아닌 여기 그리고 집 안이 아닌 숲과 벌판에 두 발로 서 있는 어린 인간은 부드럽고 희미한, 하지만 힘 있는 존재감을 발산한다. 아이들은 꿈을 꾸는 것이 아니라 생각을 하고 있다.

마르타 포겔러는 남편의 그림에서 빠져나와 라파엘전파의 화폭에서 보는 여자들처럼 머리에 데이지꽃 화관을 쓰고 하늘색 튜닉을 입고 손에 꽃병을 들었다. 엄숙하고 진지한 분위기와 다른 곳을 응시하고 있는 시선은 파울라 인물화의 특징이다. 진지한 얼굴의 젊은 여자가 봉헌을 하듯 손에 물건을 들고 있다. 승리의 모습도 아니고 아픈 것도 아니고 관능적이지도 않다. 불안이나 비밀의 세계가 아니라 사색의 세계다.

'힘과 내밀함.' 특히 하늘을 배경으로 한 인물화를 좋아한 오토는 파울라의 인물화를 그렇게 평했다. "파울라는 이제 온전한 화가가 되었다. 보르프스베데에서 활동하는 여성 화가들 중 두말할 것 없이 가장 뛰어나다." 오토는 또 파울라의 "순진성과 단순함"을 칭찬했다. 하지만 그녀는 순진하지도 단순하지도 않았다. 파울라는 자신이 무엇을 찾고 있는지 잘 알았고 곧바로 핵심으로 파고들었다. 매우 복잡하고 영리한 사람이었다. 무엇보다 어떤 것을 멀리해야 할지 알았다. 포겔러 스타일뿐 아니라 보르프스베데 스타일에서 벗어나야 했다. 어쩌면 수백 년 동안 남자의 시선으로 그렸던 그림을 자신도 따라 그리고 있었다는 것을 깨달았는지도 모른다. 어쩌면 말해야 할 것, 자신만의 것, 전에는 거의 듣지도 보지도 못했던 것을 인식하기 시작했는지도 모른다. 다름 아닌 여자가 여자를 그리는 것이다. 파울라가 그린 나체의 어린 여자아이들은 뭉크의 「사춘기」 속 소녀가 아니다. 뭉크의 소녀는 봉긋 올라온 젖가슴이 부끄러워 어깨를 모으고 팔을 엇갈려 음부를 가리고 있다. 시선은 불안하고 얼굴은 상기되어 있으며 거대한 검은 그림자가 머리 위에 도사리고 있다. 파울라의 그림에는 그림자가 없다.

나는 태양과 사랑을 나누고 있어. 사이가 나빠지기 전 파울라는 클라라에게 보낸 편지에 그렇게 쓴 적이 있다. 파울라가 말한 태양은 나누고 갈라 그림자를 만드는 태양이 아니라 통합하는 태양이다. 낮은 곳에 떠 있는 무겁고 사색적인, 그래서 꺼져 있는 듯한 태양이다. 파울라는 그림자도 없고 빛이 만든 효과도 없는 그런 태양을 그렸다. 숨겨진 의미도 없고 잃어버린 순수성도 없고 조롱당한 처녀성도 없고 야수들에게 던져진 성녀도 없다. 얌전하지도 않고 부끄러운 척하지도 않는다. 순결하지도 헤프지도 않다. 그냥 여기 소녀가 있을 뿐이다. 소녀라는 말도 적절치 않다. 릴케식 그러니까 남성 시인이 노래하는 몽환적 환상이 담겨 있다. "제발 우리를 가만 내버려 둬!"

1902년. 창문을 배경으로 젊은 여자의 얼굴을 그린 그림이 있다. 여자의 얼굴 양쪽에 꽃병이 얼굴을 감싸듯 배치되어 있고 창문 뒤로 나무와 파울라의 그림에 자주 등장하는 삼각형 언덕이 보인다. 머리를 약간 기울인 채 쓸쓸하고 사색적인 시선은 다른 곳을 응시하고 있다.

이 그림은 청석판에 그렸다. 흔치 않은 소재다. 옷과 꽃병과 눈이 진한 회색처럼 보이고 얼굴에는 가는 균열이 있다. 청석은 부서지기 쉬운 소재여서 이동이 불가능하다. 나는 오로지 그 그림을 보기 위해 브레멘을 다시 찾은 적이 있다.

다작의 해 1902년에 그린 또 다른 대작은 과수원을 배경으로 서 있는 엘스베트의 초상화다. 네 살 먹은 여자아이가 소매가 짧고 파란색 물방울무늬가 있는 하얀 원피스를 입고 서 있다. 배가 볼록하다. 매우 아름다운 이 그림에는 잡다한 장식이 전혀 없다. 연필과 목탄으로 보르프스베데 아이들의 흰 다리, 불룩한 배, 비틀어진 몸을 수없이 스케치한 후에 그렸기 때문이다. 엄청난 노력 끝에 탄생한 그림이다.

"어머니, 편지가 늦었어요. 죄송해요. (…) 그림에 매달리느라 다른 일에 마음을 쓸 겨를이 없었어요. 저는 지금 어두운 새벽이지만 곧 동이 트려 하고 있어요. 저는 무언가가 될 거예요. (…) 더 이상 부끄러워하지도 침묵하지도 않을 것이고 제가 화가라는 사실을 자랑스럽게 여길 거예요. 얼마 전에 엘스베트의 초상화를 끝냈어요. 브륀에스 씨 댁 과수원이 배경이고 닭들도 그렸어요. 엘스베트 옆에는 커다란 디기탈리스꽃이 있고요."

이 그림에서 파울라는 원근법을 무시했다. 과수원에 서 있는 엘스베트는 평면적이다. 엘스베트의 키는 디기탈리스꽃의 높이와 정확히 일치하고 닭들은 엘스베트의 가슴께에 위치한다. 풀밭, 나무, 하늘이 세 개의 색면을 구성하고 아이의 다리는 땅속 꽃의 뿌리와 같은 선상에 있다. 고개를 숙이고 있는 얼굴은 무한한 어린 시절로 향한다. 아이 옷의 하얀색은 폭발적으로 눈부시다. 음영은 전혀 없다. 작은 볼과 작은 팔에 어떻게 그런 둥글고 부드러운 입체감을 만들어냈을까? 이십칠 년이 걸려 만들어진 것이다. 평생이 걸렸다.

IV

    1903년 2월 파울라는 오토를 설득하는 데 성공했다. 다시 파리로 향했다.

    라스파유 대로 203번지에 아틀리에를 구했다. 월세는 39프랑, 30마르크였다. 전차 소리가 들리고 창밖에는 아무것도 보이지 않았다. 파울라는 '나무 한 그루라도' 보이지 않을까 열심히 둘러봤다. 유칼립투스 잎으로 방에 향기를 냈다. 콜라로시 아카데미에서 누드화 수업을 다시 들었다. 점심은 밖에서 먹고 저녁 식사는 집에서 크레이프와 따뜻한 코코아로 해결했다. 베르타가 만들어준 음식이 그리웠다. 특히 크림소스를 얹은 청어가 생각났다. 파울라는 브레멘에 계신 어머니가 보내준 훈제 소시지가 상하지 않게 보관하고 릴케 부부도 다시 만났다. 부부는 파울라를 다정히 맞아주었지만 어두워 보였다. "이제 두 사람이 함께 예술을 위해 우울하게 나팔을 불고 있다."

    파울라는 루브르 박물관을 자주 찾았다. 보르프스베데에서 만테냐의 그림을 흑백 복제품으로 본 적이 있는데 루브르의 만테냐는 완전히 새로운 것이었다. 고야의 섬세한 회색 실크 옷과 분홍빛 얼굴은 감동이었다. 베로네세, 샤르댕, 바니시가 오래되어 황갈색을 띠는 렘브란트, 앵그르의 드로잉, 다비드, 들라크루아를 공부했다. 뤽상부르 박물관에서는 마네의 「올랭피아」와 「발코니」를 감상했다. 이제는 아카데미 미술로 치부되어 갈 곳을 잃은 샤를 코테•의 세폭화 「바닷가 마을」은 그녀를 다시 한 번 감동시켰고 화상(畵商) 하야시 다다마사••가 일본에서 들여온 판화와 탈은 호기심을 불러일으켰다. "멋지게 기묘하다." 파울라의 시선은 고정관념을 벗어나기 시작했다. 로마제국의 식민지 이집트의 파이윰 지역 석관(石棺)에서 발굴된 초상화들은 충격 그 자체였다. 검은 눈으로 정면을 쳐다보고 있는 매우 현대적인 용모의 얼굴들이다. 물 흐르는 듯한 색의 표현도 인상적이었다. 파울라는 고개를 들어 주위를 둘러보았다. 인간의 얼굴은 미술이 관습적으로 보여주는 것보다 훨씬 다양하고 경이로웠다.

파울라는 카세트 가 29번지로 이사했다. 마침내 고요와 나무를 동시에 되찾았다. 매일 아침 문 앞으로 배달되는 빵과 따뜻한 코코아로 아침 식사를 하고 루브르 박물관으로 향했

• Charles Cottet. 프랑스 자연주의 화가. 퓌비 드샤반과 알프레드 롤에게 배웠다. 1901~1905년까지 국립 보자르 소사이어티(프랑스예술가협회) 대표위원이었다.

•• 林忠正. 일본 미술을 유럽에 알린 화상. 1878년 파리 만국박람회 일본 대표단의 통역으로 참가했다가 파리에 정착하고 회사를 설립해 목판화(우키요에)를 비롯한 일본 예술품을 수입했다. 유럽에 자포니즘을 유행시킨 장본인이다.

다. 점심은 뒤발 식당에서 해결하거나 집에서 계란 요리를 해서 먹고 센강으로 나갔다. 강변의 부키니스트들, 퐁데자르 다리에서 바이올렛꽃을 파는 아가씨들 모두 그대로였다. 어머니와 오토와 마르타 포겔러에게 꽃다발을 보냈다. 여섯 살 생일을 맞은 엘스베트에게는 오렌지 한 개를 선물했다. 파리 동물원에 있는 '아빠처럼 발이 큰' 커다란 분홍색 새의 모습을 자세히 설명하는 편지도 동봉했다. 프랑스어도 열심히 공부했다. 건물 관리인의 아들이 주로 연습 상대였는데 그 남자는 파울라를 꾀려고 수작을 부렸다. 오토에게도 그 얘기를 했다. 파울라는 결혼반지를 보여주지 않고는 길을 혼자 다닐 수 없을 정도라고 남편에게 고통을 토로했다. 그녀는 프랑스 사람들이 본능에 충실한, 몸만 큰 애 같다고 생각했다. 우리가 아프리카 사람들에 대해 말하는 것처럼 그렇게 얘기했다. 오후에는 잠깐 눈을 붙이고 뤽상부르 공원에 가서 크로키를 했다. 『노트르담의 꼽추』도 읽었다. 실제 노트르담 대성당에 가서 가고일(Gargoyle)도 감상했다. 릴케가 감기에 걸렸을 때는 튤립을 사서 병문안을 갔다. 릴케는 너무 세속적이고 듣기 좋은 소리만 하고 클라라는 자기 자신을 지나치게 사랑했다. 남편 오토에게 돈이 다 떨어졌으니 80마르크를 보내달라는 편지를 보냈다. 손목시계도 잊지 말라고 했다. 엘스베트는 좀 컸을까? 오토는 잘 지내고 있을까? 파울라는 즐거웠다.

파울라는 컨페티°가 흩날리는 카니발을 좋아했다. 파리는 2월 말이 되면 벌써 라일락꽃 싹이 트고 3월 초에는 버들강아지가 핀다. 독일 북쪽에서 온 아가씨에게는 신기한 일이 아닐 수 없었다. 탕플 시장에도 자주 갔다. 그곳에서는 값싼 천과 중고 실크 천, 레이스 블라우스, 바랜 옷감으로 만든 가짜 꽃, 발레리나들이 신었던 새틴 발레슈즈를 살 수 있다. '내밀함은 위대한 예술의 영혼'이라고 파울라가 어디엔가 적은 적이 있다. 그녀는 사람의 살과 옷감과 꽃을 그리고 싶어 했다. 칠십 년 후 프란체스카 우드먼°°이라는 미국 사진작가가 파울라가 그리고 싶어 했던 내밀한 사물들을 카메라로 아름답게 표현했다.

파울라는 뫼동에 로댕을 만나러 갔다. 릴케는 프랑스어로 쓴 소개장에 파울라를 '매우 뛰어난 화가의 부인'이라고 소개했다. 토요일은 로댕의 아틀리에가 공개되는 날이라 대리석 작업장은 일찍부터 사람들로 북적거렸다. 파울라는 일요일에 다시 아틀리에를 찾았다. 로댕은 직접 전시관도 보여주며 파울라를 잘 대해주었다. 그녀는 로댕이 수채화를 그린 줄 몰랐다. 색의 사용이 놀랍고 관습은 철저히 무시되었다. 안채도 잠깐

° 카니발이나 축제 때 던지던 색종이 조각. 1892년 파리 카니발에서 사용된 후 전 세계적으로 유행하게 되었다.

°° Francesca Woodman. 미국 사진작가. 초현실주의와 개념미술의 영향을 받아 자신과 여성 모델들을 흑백사진으로 찍었다. 새, 거울, 두개골 같은 상징적인 소재들을 주로 사용했으며 섹슈얼리티와 신체에 대한 깊이 있는 탐구가 돋보이는 작품을 많이 남겼다. 스물두 살의 젊은 나이에 자살로 생을 마감했다.

들여다봤다. 마치 예술 외의 삶은 부차적인 것이라고 말하는 듯 생활공간은 어둡고 좁았다. 작업하고, 작업하고, 작업하라. 거장이 릴케 부부에게 조언을 해주었다. 조언에 힘입은 부부는 영광의 나팔을 불기 위해 우울하게 일만 했다. 파울라는 남편에게 뫼동에 간 이야기를 편지로 썼다. "작업하는 것이 나의 행복이에요."• 거장의 조언을 프랑스어로 자신에 맞게 바꾸어 인용한 것이다.

파울라는 파리에 5주간 머물고 보르프스베데로 돌아왔다. 가족과 떨어져 있는 것이 갑자기 견디기 힘들어졌다.

*

1903년 독일 북부의 겨울은 혹독했다. 눈 폭풍이 불고 튤립의 싹이 얼고 과일나무가 꺾이고 엘스베트는 집 밖에 나가지 못했다. 파울라는 흥분되는 파리 생활 뒤에 찾은 가정의 온화함을 즐겼다. 엘스베트는 파울라를 엄마라고 불렀다. 파울라는 어린 엘스베트가 쏟아내는 끝없는 질문에 답해주려고 애썼다. 두 사람은 창가에서 울새 한 쌍을 관찰하고 사과를 익혀서 먹고 운하에서 마을 아이들과 스케이트를 탔다. 이름이 리나인 새 가정부가 들어왔다(하지만 일을 잘하는지 봐야 해서 힘들었다). 엘스베트는 이하선염에 걸렸고 글을 배우기 시작했

• "Le trvaille, c'est mon bonheur."

다. 오토는 엘스베트가 시끄럽다고 힘들어 했고 파울라는 낮에 브뢴에스 씨 댁 아틀리에로 피신했다. 가끔 오토가 불안증과 건강 염려증으로 신경이 날카로워지기는 하지만 그것 말고는 '안정되고 규칙적인 삶'이었다. 그런데 리나가 생활비로 60마르크나 썼다! 다행히 급료에서 공제할 수 있었다.

오토가 집을 비울 때면 파울라는 아틀리에에서 잤다. 아틀리에에서 삶은 계란과 콩포트로 저녁 식사를 했다. 오토였다면 기별도 안 갔을 적은 양이지만 요리를 할 필요도 식탁을 차릴 필요도 없어 좋았다. 가끔 가정부에게 맥주에 크림과 계피를 넣어 차게 먹는 수프인 비르칼트샬레나 쌀에 우유, 사과, 건포도를 넣고 끓인 죽을 만들어달라고 부탁해서 먹기도 했다. 아니면 배와 빵과 치즈로 간단하게 해결했다.♦ 파울라는 자신이 먹는 시골풍의 소박한 음식 혹은 아이들이나 먹는 음식을(지금이라면 '유치한 입맛'이라고 말하지 않았을까?) 그림으로 그렸다. 파란무늬가 들어간 흰색 접시에 담긴 생치즈, 예쁘게 주름이 잡힌 눈부시게 하얀 식탁보 위에 놓여 있는 빵, [그림9] 물병이나 접시 혹은 단지와 함께 놓여 있는 계란 프라이, 사과, 배, 체리, 파를 그렸다. 파울라가 그린 정물은 죽은 자연●

♦ 산책가이며 과일 중에 배를 매우 좋아했던 장 자크 루소의 식사를 떠올리게 한다. 루소는 "크림, 계란, 허브, 치즈, 갈색 빵 그리고 그리 나쁘지 않은 와인만 있다면 진수성찬"이라고 말했다.

이 아니라 살아 있고 맛있는 정물이다. 외국에서 농산물이 들
어오는 날에는 바나나를 그렸다. 이탈리아에 있는 동생 밀리
에게 오렌지나무 가지를 보내달라고 부탁하기도 했다.

　파울라는 식사를 하면서 책을 읽었다. 혼자 있을 때 만끽
할 수 있는 호사다. 베티나 브렌타노의『괴테와 한 아이가 주고
받은 편지(Goethes Briefwechsel mit einem Kinde)』와 조르주 상드
의 소설을 프랑스어로 읽었다. 상드의 연애사가 흥미진진했지
만 문체는 '여자로서 부끄러움'이 없는, 너무 거침없는 것이라
생각했다. 그리고 오토가 없으면 자신이 굉장히 행복해진다는
사실에 놀랐다. 곁에 없기 때문에 생각을 하게 되고 생각을 하
면 즐거워진다는 것이 그녀의 설명이다. 파울라는 다시 '파울
라 베커'가 되었고 그것은 무척 감미로웠다.

　"나의 반은 언제나 파울라 베커이고 나머지 반은 상황에
따라 변한다."

　리본 띠 위에 대문자로 붉게 'PAULA MODERSOHN'이라고
서명한 자화상. 자신의 자매들이나 마을 아낙네들을 그린 여
자 초상화. 형제들이나 농부들을 그린 남자 초상화. 둥근 엉덩
이, 늘어진 가슴, 생각에 잠겨 있는 조용한 얼굴, 눈을 감고 있

● 정물화(still-life)는 프랑스어로 'nature morte', 즉 '죽은 자연'이다.

는 M 부인의 대형 나체화 두 점. 모두 '숭고할 정도로 단순한' 작품들이다. 복잡하지 않게, 산만하지 않게, '과도하지 않게'… 파울라는 과한 부분을 찾아내서 파냈다. 글자 그대로 붓대로 마티에르를 파냈다. 파울라는 '물감을 바를 때 느껴지는 감촉'을 좋아했다. 물감을 여러 번 덧칠해 두께와 깊이를 만들면 오래된 대리석이나 사암 조각상처럼 세월과 날씨의 흔적을 간직하고 있는 '거칠고 생동감 넘치는' 표면이 만들어진다.

"의식적으로든 무의식적으로든 나는 하나만 생각했다."
"그래! 그리고, 그리고, 그리자!"

오토의 일기. "파울라는 그림을 그리고 책을 읽고 피아노를 쳤다. 그녀가 가족과 집안일에 크게 관심이 없다는 것이 문제이기는 하지만 집안은 그런대로 잘 돌아가고 있다. 차차 나아지기를 바랄 뿐이다. (…) 파울라는 관습적인 것을 지독히 싫어한다. 지금은 각지고, 못나고, 기괴하고, 거친 것에 빠져 있다. 좋은 일이 아니다. 색채는 훌륭하지만 형태가… 표현이 서툴다. 손은 숟가락 같고 코는 낟알 같고 입은 어디 상처가 난 것 같고 얼굴은 바보 같다. 그녀는 모든 것을 과장하고 희화화한다. (…) 늘 그렇듯 조언을 해도 소용이 없다."

1903년 여름 모더존 가족은 북쪽에 있는 프리슬란트 제도로 휴가를 갔다. 파울라는 부모님에게 재밌는 편지를 보냈다.

설사병이 난 오토가 화장실에서 빨리 휴지를 가져다달라고 소리를 지른다고 편지에 썼다.

*

이제부터는 일상이다. 결혼 생활의 일상.

파울라는 집 주위에 장미나무, 튤립, 패랭이꽃, 아네모네를 심었다. 물을 주고 풀을 뽑고 손톱이 새까매질 정도로 정성을 쏟았다. 경계석을 깔고 산책로를 만들고 화단에 꽃을 심었다. 정원 한쪽에는 벤치도 놓았다. 그리고 약한 꽃은 지지대를 만들어 색깔 천으로 묶어주었다. 그녀는 독일식 정원보다 뫼동에서 본 무질서한 듯한 정원을 더 좋아했다. 정자도 여러 개 만들었다. 마리 고모에게 보낸 편지에 정자를 너무 많이 만든 것 같다고 썼다. 하나는 큰 딱총나무 아래에 또 하나는 자작나무 아래에 만들었고 마지막 하나에는 지붕에 호박 넝쿨을 심을 것이라고 했다… 정원 한가운데에는 커다란 유리구 장식을 설치했다. 기묘하고 동화적인 분위기의 그림에 이 유리구가 등장한다.

오토는 박제한 새를 수집했다. 그는 갈매기, 부엉이, 왜가리, 오리, 학에 둘러싸여 살았다. 수족관도 있었는데 게, 금붕어, 잉어, 개구리, 도롱뇽, 소금쟁이를 키웠다. 금붕어 네 마리가 있는 어항을 마티스처럼 그린 파울라의 그림이 있다.[그림8]

마티스보다 십 년 앞서 그린 것이다. 그녀는 남편이 "파이프 담배를 피우며" 저녁나절을 보내는 것을 좋아한다고 적었다. 오토에게 '그림은 일이고 생활은 휴식'이었다.

1904년 여름 모더존 부부는 보르프스베데에서 약 15킬로미터 떨어진 피셔후데라는 마을에서 휴가를 보냈다. 보르프스베데보다 더 평지인 피셔후데도 예술가 공동체 마을이었다. 지금은 역시 유명 관광지가 되었고 오토 모더존 미술관도 그곳에 있다.◆ 부부가 묵었던 여인숙은 이제 고급 호텔이 되어 현재도 영업 중이다. 포겔러 부부와 파울라의 여동생 밀리 부부도 동행했다. 그들은 뱃놀이를 하고 강에서 수영을 하고 이사도라 덩컨처럼 춤을 췄다. 오토는 플루트를 불었다. 그들은 나체주의자였다. 강가에서 나체로 아침 식사를 했다. 오토는 일기에 포겔러 부인은 아침에 오지 않았다고 썼다.

1904년은 야외에서 운동하는 독일식 건강관리법이 막 정착하기 시작한 때였고 뮬러 중령이 쓴 체조 운동법『나의 몸(My system)』◆◆이 출간과 동시에 베스트셀러가 된 해였다. 뮬러

◆ 오토 모더존은 파울라가 세상을 떠난 후 피셔후데에서 새 삶을 시작하고 1954년 세상을 뜰 때까지 그곳에서 살았다. 클라라 베스트호프 역시 딸 루트와 피셔후데에 정착했다.

◆◆ 덴마크 공병대 중령 J. P. 뮬러가 썼다. 1918년에 세계 최초로 독일자연주의연맹이 창립되었고 뒤이어 스칸디나비아에서도 협회가 만들어졌다. 현재 유럽에서 가장 큰 자연주의 센터는 프리슬란트 제도 암룸섬에 있다. 파울라가 비가 와도 하루도

중령은 고대 그리스의 이상적인 미를 추구하며 매일 아침 15분 동안 나체로 체조할 것을 권장했는데 이러한 '공기욕'●이 인기가 높았다. 영국의 왕세자와 프란츠 카프카도 공기욕을 즐겼고 파울라도 그랬다. 파울라가 그린, 몸이 탄탄하고 늘씬한 오토가 나체로 체조를 하고 있는 데생이 있다. 파울라는 여동생 헤르마에게도 책만 읽지 말고 체육관에 등록해 운동을 하라고 권유했다.

피셔후데에서 여름휴가를 즐기는 중 발생한 가장 큰 두 가지 사건은 다음과 같다. 파울라의 침대가 주저앉았고 파울라와 포겔러가 심하게 다퉜다. 다툼의 원인은 알 수 없다.

*

1904년 가을은 조용했다. 편지 왕래는 소원하고 일기는 중단되었다. 파울라는 그림이 잘 안 그려진다고 불평했다.

1904년 겨울에 찍은 사진 속 파울라는 아틀리에에서 백합 문양 소파에 앉아 있다. 파울라의 그림에 자주 등장하는 소파다. 릴케는 이 소파가 하얀 왕녀들의 환상을 불러일으킨다고 했다. 파울라 옆으로 농촌의 아낙네와 아이를 그린 인물화가

거르지 않고 수영을 했던 곳이다.
● Air bath. 나체로 온몸을 맑은 공기 중에 노출시켜 혈액순환을 왕성하게 하고 신진대사를 높이는 치료법.

보인다. 바닥에는 석탄 양동이와 삽이 있다. 파울라는 두꺼운 검정색 옷을 입고 있다. 타원형 브로치로 옷깃을 여미고 소맷단을 하얀 레이스로 맞추어 나름의 멋을 낸 그런 옷이다.

사진 속 파울라는 토마스 만의 소설 『부덴브로크 가의 사람들』에 나오는 인물 같다. 파울라와 같은 시기에 같은 한자동맹 도시에서 살았던 부덴브로크 가의 여자들은 발트해의 장엄한 바람을 맞으며 자랐고 개신교도이며 부르주아이고 진중하며 우울한 여자들이다.

나는 그녀의 힘이 어디서 나오는지 궁금했다. 그녀는 먼 곳을 응시하고 있다. 크게 뜬 눈은 사색적이다. 아무도 보지 않는 그림을 혼자 그리고 있는 여자의 얼굴이다.

*

같은 해 릴케는 젊은 시인에게 편지를 썼다. "언젠가(벌써 그 징후가 북구 유럽의 하늘에서 반짝반짝 빛나고 있습니다), 언젠가 소녀와 여자들이 단지 남자와 반대되는 성을 가진 사람이 아닌 날이 올 것입니다. 소녀와 여자들이 그 자체로 현실이 될 것입니다. 보완적이고 제한적인 존재가 아닌 온전한 삶을 사는 존재, 여자의 모습을 한 인간이 되는 것이지요."◆

◆ 릴케 「젊은 시인에게 보내는 편지」. 1904년 5월 14일.

*

그녀는 생각을 한다. 그리고 물을 섞고 반죽을 한다. 빨간 체크무늬 담요 위에서 아이가 자고 있다.[그림17] 여자아이는 밀짚모자를 쓰고 있고 늙은 노인은 검정 베일을 쓰고 있다.

반죽으로 선 하나를 만든다. 눈이 된다. 젖을 빨고 있는 아기. 여자아이들의 누드. 고양이를 안고 있는 소녀들. 양배추와 그릇. 회전목마. 소 그리고 몇몇 풍경.

반죽으로 선과 줄을 만든다. 날마다 자신이 그린 그림을 해체해서 다시 마티에르 속에 녹이고 납작한 덩어리에서 다채로운 입체와 형태를 뽑아낸다.

하지만 형태가 물렁하다. 제자리걸음이다. 외롭다. 파리…나의 파리가 그립다. 보르프스베데에서는 '순전히 내적 경험만을 하며 살아야 한다.' 부글부글 끓고 부산하게 움직이는 도시의 아름다움이 필요하다. 남편은 가도 좋다는 말을 아직 하지 않았다. 하지만 떠날 것이다.

*

1905년 2월 14일 밤 '파울라 모더존이라는 여자'가(동생 헤르마에게 보낸 전보에 자신을 그렇게 표현했다) 회색 모자를 쓰고 회색 옷을 입고 파리행 기차에 몸을 실었다. 헤르마는 파리 16구에서 가정교사를 했다. 자매는 다시 만나게 되어 너무 기뻤다. 두 사람의 편지에서 느껴지는 특별한 자매애가 다시 피어날 것이다.

오토는 파울라가 다시 파리로 간 것이 여간 걱정스럽지 않았다. 경제적으로 여유도 없었다. 그해 겨울 그림을 두 점밖에 팔지 못했다.

파울라는 파리에 도착하자마자 남편에게 프랑스어가 섞인 유쾌한 편지를 썼다.

엑스라샤펠에서
변함없는 사랑을 보냅니다.
헤르베슈탈에서는
셀 수 없는 키스를
베르비에에서
한 번 더 키스를
리에주에서 나무르까지는
이모 생각을
샤를루아에서는
할머니 생각을 했지요.
파리에서는

이렇게 기뻤던 적이 없을 만큼 기뻤답니다.

저는 당신 거예요.

당신의 사랑스러운 파리지엔은

동그란 모자를 쓰고

세상을 볼 거예요.

회색 모자를 쓰고

아무 걱정 없이.

드디어 파리에 도착했어요. 전보를 보냈는데 못 받았는지 헤르마를 만나지 못했어요. 카세트 가에 있는 정원이 보이는 나의 예쁜 작은 방에도 들어가지 못했고요. 내일 생각해야겠어요. 지금은 잠을 좀 자고요. 당신과 엘스베트와 어머니에게 좋은 일만 있기를 바랄게요. 당신의 P.

*

2월 16일부터 19일까지 파울라는 남편에게 편지 세 통을 연속으로 보냈다. 내용은 우울했다. 조용하고 나무가 보이는 카세트 가의 방은 이미 다른 사람이 차지했고 새로 들어간 방은 손바닥만 한 '새장'이었다. 담벼락밖에 보이지 않는 '감옥'…이나 마찬가지였다. 밖에 나갈 마음조차 생기지 않을 만큼 기가 막히고 사기가 떨어졌다. 그나마 헤르마와 시골로 하루 쉬러간 덕에 기운을 조금 차릴 수 있었다. 마담 가 65번지로 옮겼다. 정원과 하늘이 보이는 6층에 있는 방이다. 캐노피 침대와 책상과 의자가 있고 프랑스식 창을 열고 나가면 발코니가 나왔다. 월세는 45프랑이다. 이번에는 쥘리앙 아카데미에 등록했다. 수업이 끝나면 미술관에 가려고 이른 아침에 수업을 들었다. 파울라는 여학생들이 백 년 전처럼 그림을 그리고 있다고 생각했다. 한 러시아 여학생은 파울라에게 세상이 **정말로** 지금 그리고 있는 것처럼 보이느냐고 묻기도 했다. 신기한 사람이 한둘이 아니었다. 한 폴란드 여학생은 남자 옷을 입고 남자처럼 행동했고, 가까이하고 싶지 않을 정도로 남자들에게 애교를 심하게 부리는 여자들도 있었다.

사람들이 파울라를 보고 웃었다. 회색 모자 때문이었다. 상점 점원들이 손가락으로 파울라의 모자를 가리켰고 마차꾼은 파울라를 놀렸다. 건물 관리인은 그녀에게 무정부주의자 아니냐고 물었다. 하는 수 없이 봉마르셰 백화점으로 뛰어가서 파리 느낌이 나는 모자를 하나 샀다. 감자를 구하기가 쉽지 않았다. 대신 빵을 먹었다. 언제나 빵을 먹었다. 엘스베트를 돌보기 위해 보르프스베데에 와 계신 어머니가 파울라에게 갈란투스 꽃다발을 보내왔다. 파리와 보르프스베데 사이에 편지 왕래가 끊이지 않았다. '내 사랑 클라라.' 콜라로시 아카데미의 벽에서 낙서를 발견했다. 분명 릴케가 썼을 것이다. 오토가 카니발을 보러 파리에 온다면 얼마나 좋을까! 「에르나니」를 관람했다. 이렇게 허세가 심한 작품을 싸우면서까지 옹호하다니! 프랑스 사람들은 '자신들의 언어에 중독되어 있다.' 정육점 계산서? 무슨 정육점 계산서지? 착오가 있는 것이 분명했다. 내가 돌아가기 전까지 남편이 절대 돈을 내면 안 되는데!

오토의 어머니가 갑자기 돌아가셨다. 오토는 파울라가 보르프스베데로 돌아오기를 바랐을까? 오라고 했다면 파울라는 바로 기차를 탔을 것이다. 그래도 오토가 파리 방문 계획을 포기하지 않기를 바랐다. 파울라는 남편에게 보여주고 싶은 것이 많았다! 파리에 얼마나 볼 것이 많은가! 그녀는 코테와 알고 지냈고 술로아가와도 인사를 했다. 전시회에도 많이 다녔다. 국립도서관에서 렘브란트의 판화를 봤고 마욜의 조각과 반 고흐, 마티스의 그림을 감상했다. 마티스는 정말 환상적이었다! 그리고 살롱전에서 쇠라를 봤다. 파리에서는 점묘법이 유행하고 있는데 얼마나 기괴한지! 나비파● 작품도 처음 접하고 모리스 드니의 아틀리에를 방문하기도 했다. 얼마 안 있으면 카니발이다. 이번에는 정말 남편이 왔으면 좋겠다고 생각했다.

오토는 어머니 장례식을 치렀다. 파울라는 헤르마와 '불가리아 남자 두 명'과 함께 불로뉴 숲에 산책을 갔다고 남편에게

● '나비'는 히브리어로 예언자라는 뜻. 나비파는 19세기 말 고갱의 상징주의의 영향을 받아 폴 세뤼시에가 결성한 미술 그룹이다. 세뤼시에는 색과 형태를 재현적 기능에서 해방시키고 개인적인 감정과 영적인 진리를 표현하는 데 사용할 것을 주장했고, 이후 추상미술 발전에 큰 기여를 했다. 모리스 드니, 피에르 보나르 등도 나비파의 일원이었다.

편지했다. 오토는 상심한 늙은 아버지를 돌봤고 파울라는 갈색머리의 잘생기고 영리한, 하지만 마늘을 먹고 침을 뱉는 남자와 뤽상부르 공원에서 매우 유쾌한 한나절을 보내고 돌아왔다. 데생 수업은 그 주에 끝이 난다. 파울라는 슬펐다. 하지만 슬퍼하고만 있기에 파리의 봄은 너무 눈부셨다! 파리 사람들은 넣어두었던 뱃놀이 모자를 꺼냈고 뫼동에는 복숭아나무에 꽃이 활짝 피었다. 폴리베르제르●에서는 축제가 벌어지고 파리는 키스하는 연인들로 넘쳐났다. 사랑이 필요하다. 오토가 필요하다. "잘 있어요, 내 사랑. 사랑스러운 당신, 여기 당신의 작은 아가씨가 말하고 있어요. (…) 나는 당신 거예요. 진심이에요. 당신을 사랑하는 아내가."

오토가 파리에 왔다.

오토의 일기. "3월 29일~4월 7일. 파리 여행. 밀리, 포겔러 부부와 딸 마리. 우리는 모두 (마담 가에 있는) 파울라 호텔에 묵었다. 화가 귀스타브 파예●●의 집에 가서 고갱의 그림을 감상했고 버팔로 빌 서커스●●●를 관람했다. 그리 유쾌한 여행은 아니었다."

● 1869년 파리에 문을 연 버라이어티 쇼 극장.

●● Gustave Fayet. 프랑스 상징주의 화가. 드가, 마네, 모네, 피사로, 르동, 고갱의 작품을 소장한 수집가이기도 하며, 특히 고갱의 작품은 백여 점 이상을 가지고 있었다.

*

오토는 보르프스베데로 돌아왔다. 운하를 보니 기분이 한
결 좋아졌다(그는 한 주 내내 입을 열지 않았다). 그도 여행의
필요성을 잘 알고 있고 파울라가 결혼 생활을 따분해하는 것
도 이해했다. 오토는 일기에 파울라가 자신에게 가져다준 기
쁨을 다 적었다. 운동, 일광욕, 한밤의 산책, 스케이트 시합, 기
발한 상상력, 젊음…

앞으로는 겨울을 파리에서 보내기로 결심했다. 이제 해가
나지 않고 안개만 잔뜩 낀 질퍽하고 추운 보르프스베데와는
안녕이다. 파울라는 또 떠날 준비를 했다. 어머니에게 남편 몰
래 50마르크를 모아놓았다고 고백했다. 카를 하웁트만에게는
누가 돈이 필요해서 그렇다고 400마르크를 빌려달라고 부탁
했다. 남편에게 말하지 말아달라는 당부도 잊지 않았다(나중
에 하웁트만 부부는 파울라가 '경박하고 비정한 사람'이라고
생각했다). 어머니에게 이런 말도 했다. '곧 다른 무언가를 시
험할 것'이고 아기들을 보면 부럽다고.

오토가 유화 몇 점을 팔았다. 덕분에 두 사람은 함부르크,

●●● Buffalo Bill's Wild West Show. 미국 콜로라도 출신 버팔로 사냥꾼 윌리엄 프레더
릭 코디가 만든 서부 개척 시대를 재현한 쇼. 1883년부터 1913년까지 북미와 유럽에
서 순회공연을 했다.

드레스덴, 베를린을 여행하고 브레멘에 가서 연극을 보고 바그너의 오페라를 관람했다. 1905년 12월에는 하웁트만 부부를 만나러 슈라이버하우를 다시 찾았다. 그곳에서 사회학자인 베르너 좀바르트와 인사를 했고 눈 덮인 산을 감상했다. 그렇다. 오토도 나름대로 애를 썼다.

겨울에서 봄으로 가는 일상도 그림이 되었다. 정물화 몇 점, 감동적이지만 미완성인 밀짚모자를 쓰고 있는 자화상 한 점, 여자아이들의 인물화 여러 점을 그렸다. 아이들은 꽃을 들고 있는 것처럼 손을 튤립 모양으로 오므린, 수수께끼 같은 포즈를 취하고 있다. 아이들의 표정은 이상하리만치 심각하다. 여자아이들은 어린 나이에도 벌써 세상은 자신들의 것이 아님을 알고 있는 듯하다.

클라라가 보르프스베데로 돌아왔다. 그동안 여러 사정이 있었지만 그녀는 여전히 파울라의 가장 친한 친구였다. 파울라가 클라라를 그렸다.[그림4] 하얀 옷을 입은 클라라가 손에 장미꽃 한 송이를 들고 있다. 머리를 약간 비스듬히 젖히고 진지한 표정을 하고 있다. 전형적인 파울라 베커식 포즈다. 과장됨 없이 엄숙하고 충만하고 아름답다.

그리고 붓꽃을 배경으로 그린 자화상이 있다.[그림13] 일거에 모든 것이 바뀌는 완벽한 순간 같은 그림이다. 그림은 단순하다. 이것은 나고 이것은 붓꽃이에요. 그래요. 이게 나예요.
나는 색이고 평면이며 신비롭고 고요해요. 그렇게 말하는 것
같다.

파울라가 서른을 앞둔 때였다. 자화상은 녹색, 주황색, 보
라색, 검은색으로 이루어져 있다. 붓꽃은 강렬한 보라색이고
눈은 검은색이다. 피부와 머리는 주황색, 옷과 배경은 녹색이
다. 이 자화상은 고갱과 파울라를 연결하는 징검다리다. 그녀
는 『노아노아(NoaNoa)』●를 읽었다. 목걸이의 알은 형태와 색
이 눈을 닮았다. 입이 약간 벌어져 있고 시선은 긴장되어 있다.
그녀가 숨을 들이쉬고 내쉰다. 뭐라고 말을 할 것만 같다.

*

언제부턴가 파울라의 자화상에 호박 목걸이가 등장하기
시작한다. 누가 선물한 것일까? 자기가 샀을까? 그 호박에는 한
자동맹과 발트해와 러시아와 바이킹의 북유럽이 담겨 있다. 목
에 걸려 있는 것은 노란 호박이고 화석이 된 송진이고 고대의
수액이다. 오비디우스가 '신의 눈물'이라고 한 호박은 수천 년
전의 곤충을 품고 있는 기억의 돌이다. 호박은 만지면 따뜻하
다. 유리와는 다르다.

●고갱이 1891년부터 3년 동안 타히티에 체류하며 겪은 이야기와 더불어 문명과 원
시성에 대한 성찰을 담은 기행문.

"나는 맹렬하게 현재를 살고 있다."

오토는 일기에 이렇게 적었다. "파울라의 색채 감각은 놀랍다. 하지만 그림은 요란하고 조화롭지 못하다. 그녀는 원시주의(primitivism) 그림에 빠져 있다. 예술성이 높은 그림을 그리는데 집중해야 하는데 원시주의가 그녀에게 나쁜 영향을 끼치고 있다. 파울라는 형태와 색을 통합하고 싶어 한다. 하지만 지금시도하는 방식으로는 목표를 달성할 가능성이 전혀 없어 보인다. (…) 여자는 혼자 힘으로 창조하기 힘들다. 릴케 부인만 봐도 그렇다. 입에 로댕만 달고 살지 않는가."

*

파울라의 일기가 멈췄다.♦ 하지만 서신은 계속됐다. 파울라는 그림을 그릴 수 없는 상황에 처하면 자주 편지를 썼다. 편지에 그 상황과 결핍과 충동을 적었다. 파울라는 포겔러가 작품이 팔려 자신의 곁을 떠나는 것이 슬프다고 우는 소리를 한다고 놀렸다. 그때까지 작품을 한 점도 팔지 못한 그녀는 이렇게 적었다. "예술은 풍요롭고 탄생처럼 계속되고 미래만을 향해 가야 한다."

♦ 1917년 릴케는 파울라의 일기와 편지 출간에 참여하는 것을 거절하면서 파울라의 마지막 몇 해의 글이 빠진 것에 의문을 가졌다(파울라 자신이 없앴을 수도 있다). "아니면 그림을 그리는 데 온 정신을 경주해 자신의 생각을 글로 표현하기에는 생의 마지막 시간이 너무 짧았을 수도 있다."

그림이 남아 있다. 그것으로 충분하다. 파울라는 자신의 그림에 대해 글이나 말로 설명한 적이 없다. 파울라가 세상을 떠난 후 클라라 베스트호프가 파울라의 침묵에 대해 언급한 적이 있다. "어쩌면 사람들이 이해할 수 있도록 정확하게 표현하는 것이 불가능했을 수도 있어요. 말로 표현할 수 없기 때문에 자신이 할 수 있는 유일한 표현 방식인 작업으로 보여준 거죠." 실제로 그림을 어떻게 글로 표현할 수 있단 말인가? 선과 형태와 색의 콘트라스트는 설명할 수 있다. 해설을 하고 비평도 할 수 있다. 이야기를 만들고 맥락을 부여할 수도 있다. 하지만 그림을 글로 쓴다? 글과 이미지 사이에는 틈이 있다. 그 틈으로 추측과 상상이 올라온다. 같은 시간 지베르니에서는 모네가 '수련' 연작을 시작했다. 연못 위의 다리, 흔들리는 연꽃 그리고 쏟아지는 빛…

*

파울라의 어머니 마틸데는 딸의 서른 살 생일에 감동적인 편지를 써서 딸에게 보냈다. 1876년 2월 5일 드레스덴에서 태어난 미나 헤르미네 파울라 베커의 화염과 분노로 가득 찬 흥미진진한 탄생기였다.

삼십 년 뒤 한 여자가 또 한 여자에게 편지를 보낸다. 남자는 존재하지 않는 세계에서 엄마가 딸에게 위대한 비밀이 담긴 편지를 보낸다. 그날 밤 볼데마르 베커는 집에 없었다. 폭풍

이 불어 얼음처럼 차가운 엘베강이 범람하고 산에서는 나무들
이 뽑혀나갔다. 여기저기서 홍수가 나고 새로 놓은 철로는 물
에 쓸려갈 위험에 처했다. 이러한 이유로, 첫 두 아이의 출산을
지켜봤던 볼데마르 베커는 세 번째 아이를 낳으려는 바로 그때
어린 부인을 산파에게 맡기고 집을 나설 수밖에 없었다. 그런
데 산파가 무능하고 멍청한 여자였다.

　폭풍우가 치고 산파가 멍청해도 미나 헤르미네 파울라는
세상에 나왔다. 스물셋의 산모 마틸데가 침대에서 갓난아기에
게 젖을 물리는 동안에도 창문에 비가 들이치고 오일 램프의
통이 넘쳤다. 그 와중에 몸이 산만 한 늙은 산파는 커피를 마
시겠다고 알코올 난로를 켰다. 커피가 넘치고 난로에 불이 붙
었다. 파울라 어머니의 묘사에 따르면 산파가 불길에 휩싸인
마녀처럼 기침을 하며 예수의 이름을 불러댔다고 한다. 급기
야 마녀는 불붙은 난로를 산모와 아기가 누워 있는 침대로 던
지고 말았다. 결국 불은 방금 아이를 낳은 산모가 꺼야 했다.
믿기 힘든 출산 과정을 겪어서인지 원래 건강한 사람인데도 마
틸데는 회복하는 데 6개월이나 걸렸다. 열이 나고 젖가슴이 붓
고 염증으로 고생을 했다. 하지만 다 옛날 얘기다. 폭풍우가 치
던 날 태어난 그 아기가 오늘 서른이 되었다.

V

서른 살. 파울라는 『인형의 집』의 노라처럼 남편과 집을 떠났다. 다른 것, 미지의 것을 찾기 위해 다 버리고 집을 나섰다.

1906년 2월 24일 일기. "남편을 떠났다. 나는 옛 인생과 새 인생의 교차로에 서 있다. 나의 새로운 인생이 어떤 것일지 궁금하다. (…) 일어날 일이라면 일어나겠지."

며칠 전부터 파울라는 아틀리에로 필요한 물건을 하나둘씩 옮겨놓았다. 릴케에게는 미리 자신의 계획을 귀띔해두었다. 릴케가 침대와 이젤 그리고 너무 흉하지 않은 테이블과 의자를 구해줄 수 있지 않을까? 카세트 가에 있는 아틀리에에 들어갈 것이다. 그런데 서명은 뭘로 해야 하지?

"이제는 모더존도, 파울라 베커도 아닙니다.
나는
나입니다.
날마다 조금씩 내가 될 것입니다."

그 시간 동생 헤르마는 이번 생일에는 파울라가 파리로 도

망가지 않고 불쌍한 오토 옆을 지키고 있는 것이 얼마나 다행인지 모르겠다고 어머니에게 편지를 썼다.

*

항상 격식 차리는 것을 좋아하고 때때로 너그러운 릴케가 기꺼이 파울라의 부름에 달려갔다. "당신의 새로운 인생에 저를 받아주어서 감사합니다. (…) 당신에게 좋은 일이라면 저에게도 좋은 일입니다. 당신의 종 라이너 마리아 릴케." 릴케는 파울라를 돕기 위해 돈을 융통해주었다. 자신이 100프랑을 빌려주었고 또 은행가이자 후원자인 카를 폰데어하이트에게도 도움을 청했다. "무엇보다도 놀라운 것은 모더존 부인이 지금 내적인 성장을 하고 있다는 것입니다. 그녀는 즉흥적이고 직접적인 방식으로 그림을 그립니다. 물론 지극히 '보르프스베데'적이기는 하지만 그녀는 누구의 시선도 아닌 자신만의 시선으로 사물을 보고 표현합니다." 릴케는 파울라의 작품을 한 점 샀다. 볼이 물방울처럼 통통한 어린아이의 인물화다. 파울라가 태어나서 처음으로 판매한 작품이다.

파울라는 카세트 가 아틀리에가 너무 비싸 멘 대로 14번지로 이사를 했다. 현재의 몽파르나스는 재개발이 되어 옛 모습을 찾을 수 없지만 멘 대로에 있는 아틀리에는 아직도 남아 있다. 릴케는 파울라가 가구를 구하는 데 도움을 주지 못했다. 파리에 없었기 때문이다. 그는 늘 움직였다. 언제나 그랬다. 다행히 앞에서 언급한 적이 있는 불가리아 남자가 식탁과 선반을 뚝딱뚝딱 만들어주었다. 파울라는 거기에 색깔 천을 씌웠다. 헤르마는 이 모든 상황을 어머니에게 재밌게 알렸지만 억지로 그런 것이다. 파울라는 동생이 우울한 것 같다고 생각했다.

*

파리에 도착해서 남편에게 보낸 첫 편지는 냉랭하고 어두 웠다. 가구를 만든 얘기 따위는 하지 않았다. 다만 불가리아 남 자들에 대해서는 한마디 언급했다. 그런 남자들은 없었다고. 오토는 눈물로 호소하는 절절한 편지를 수없이 보냈다. 하지 만 파울라는 별거는 피할 수 없는 현실이라며 남편을 이해시 키려고 노력했다.

파울라는 오토에게 자신의 아틀리에로 가서 나체화 중 가 장 좋은 것 여섯 점을 골라 파리로 보내달라고 부탁했다. 에콜 데 보자르에 입학하기 위해서였다. 데생은 문에 걸려 있는 커 다란 빨간 화첩에 있으니 말아서 원통에 넣어 새 주소로 보내 고 '비판매용'이라고 적힌 딱지를 붙이라고 했다. 그래야 관세 를 내지 않는다. 신분증도 필요했다. 그것도 아틀리에에 있을 것이다. 역시 에콜 데 보자르 입학에 필요한 서류다. 만약 신분 증을 찾지 못하면 결혼증명서도 괜찮다. 참, 선반에 있는 해부 학 책도 잊지 말고 보내야 한다. 그런데 돈이 다 떨어졌다. "돈 을 보내줄 수 있을까요? 부탁이에요. 파리는 벌써 나뭇가지에 싹이 나기 시작했어요. 예쁜 수예장식 잘 받았다고 엘스베트에게 전해주세요. 애정을 담아서."

*

오토는 지푸라기라도 잡는 심정으로 예전에 보낸 사랑의 편지글을 그녀에게 다시 들려주고 집 정원에 노란 꽃들이 물들기 시작했다고, 봄이 왔다고 적었다.

"사랑하는 오토. 내가 당신을 얼마나 사랑했는지 알죠? (…) 하지만 지금은 당신에게 돌아갈 수 없어요. 그럴 수 없어요. 보르프스베데가 아닌 다른 곳에서도 당신을 만나고 싶지 않아요. 당신의 아이도 갖고 싶지 않아요. 지금은 그래요."

파울라는 결심했다. 그럴 수밖에 없었다. 그도 고통스러워하고 자신도 고통스러웠다. 하지만 계속 살아야 하고 계속 작업을 해야 하지 않는가. 파울라는 오토에게 여전히 파리를 얘기했다. 그리고 브르타뉴에 대해서도. 기차를 타고 열 시간만 가면 대양이 펼쳐지고 사과나무, 태양, 부드러운 바람, 장미꽃, 몽생미셸, 메르 풀라르 오믈렛의 고장이 나온다. 오늘날 아르 브뤼트•라고 불리는 로테뇌프 조각•• 사진이 실린 엽서를 남

• Art brut. '자연의', '가공하지 않은' 예술. 프랑스 화가 장 뒤뷔페가 만든 용어로, 정식 미술교육을 받지 않은 사람이나, 광인, 광신자, 죄수, 은둔자 등 공동 문화에서 격리된 사람들의 작품을 말한다.

편에게 보냈다. 브르타뉴에 갈 수 있도록 경비를 대주어 고맙고 지난달에 보내준 200마르크로 방세를 내고 외상값을 갚았다고 썼다. 하지만 매달 15일에 120마르크를 보내주면 매번 부탁을 하지 않아도 되니 자신에게 큰 도움이 되겠다고 했다.

오토는 파울라의 아틀리에 있는 정물화를 모두 집으로 가져왔다. 그녀의 그림에 둘러싸여 있으면 영감을 얻을 수 있을 것 같았다. 그림에서 생명력과 광채와 숨결을 찾으려고 노력했다. 하지만 딸 대신 오토를 돌봐주고 있는 파울라의 어머니에 따르면 오토가 얻은 것은 '수학적 증명' 같은 것뿐이라고 한다.

포겔러 부부가 파울라의 그림을 사려고 했을 때 오토가 그림을 내주려하지 않아 애를 먹었다. 친구인 브로크하우스 부인은 브륀예스 씨 댁 아틀리에를 방문해서 파울라의 정물화 한 점을 샀다. 그 돈으로 파울라는 릴케에게 빌린 돈을 갚을 수 있었다. 남편에게 부탁해 릴케에게 바로 돈을 보냈다. 릴케가 구매한 어린아이 인물화를 포함해 파울라는 생전에 그림 세 점을 팔았다.

오토는 연초에 그림 다섯 점을 팔았다. 파울라는 동생 헤

●● 가톨릭 신부 푸레가 해안가 마을 로테뇌프에 은거하면서 1894년부터 1907년까지 해안가 바위에 약 300개의 인물상을 조각했다.

르마에게 오토에게 돈을 보내달라는 편지를 써달라고 부탁했다… 동생 밀리에게도 모델을 쓸 수 있도록 60프랑을 빌려달라고 사정했다.

돈이 급했다. 외롭고 독립이 벽에 부딪혔다.

*

"나는 무언가 될 거야." 파울라의 편지에는 주문처럼 이 문장이 반복된다. 그녀는 모더존도 아니고 베커도 아니고 다른 무언가가 되고 싶었다.

독일 출신 조각가 베른하르트 회트거는 파울라가 무언가가 될 수 있도록 격려했다. 회트거와 파울라는 파리에서 만났다. 그는 파울라의 재능에 감탄했다. 아니, 놀랐다. 파울라는 회트거의 부인과도 알고 지냈다. 오토와의 초기 관계가 반복되는 듯했다. 그를 찬미하고 그의 인정을 갈구하고 오로지 그의 의견만 중요하고 철저히 혼자였던 나를 믿어주었고, 나는 기쁨의 눈물을 흘리고, 나를 가로막았던 갇혀 있던 나에게 그가 문을 활짝 열어주고… 하지만 회트거는 아내를 사랑했다. 파울라는 회트거 부인의 초상화를 여러 점 그렸다. 각진 아름다운 얼굴, 사각 네크라인, 머리에 두른 땋은 머리, 강한 직선의 힘이 느껴진다. 얼굴은 '그리기에 아름답고 진지하고' 손은 튤립 모양으로 오므리고 있다.

회트거는 '멋진 누워 있는 나체상, 한마디로 기념비적인 작품'을 작업하는 중이었다. 파울라는 그것을 보고 자신의 묘비석을 상상했다. 그녀에게는 한 번의 봄과 두 번의 여름밖에 남지 않았다.

＊

파울라는 작업에 매진했다. 정물화와 자화상을 그렸다. 자화상은 대부분 대형 나체화였다. 1906년 한 해에만 여든 점 넘게 그렸다. 사오 일에 하나씩 그린 셈이다. 열에 들떠 그림만 그렸다. 밤에 일어나 달빛 아래에서 그림들을 한참 바라보다가 여명이 밝아오면 다시 작업을 시작했다. 속도를 늦추고 한 작품에 더 많은 시간을 쏟으려 했지만 한 작품에 너무 시간을 끌면 '모두 망칠 위험이 있었다.'

＊

릴케는 로댕과 함께 여행을 하고 3월 말경에 파리로 돌아왔다. 그는 계속 로댕의 비서 일을 하고 있었다. 파울라와 릴케는 거장의 수많은 찬미자들 사이에서 팡테옹 앞에서 거행된 「생각하는 사람」의 제막식을 지켜봤다. 그런데 5월 10일 릴케는 물건을 훔쳤다는 이유로 해고를 당했다. 오해였다. 뇌동에서 쫓겨난 릴케가 상처를 안고 찾아간 곳은 낯익은 얼굴이 있는 카세트 가 29번지였다.

117

파울라와 재회한 릴케는 모델이 되었다. 두 사람은 마주 앉았다. 서로 바라본 채 때로는 대화를, 때로는 침묵을 나눴다. 빼어난 재능을 가진 두 사람은 서로에게 너그러웠다. 릴케와 파울라는 우정을 나누듯 그림을 만들어갔다. 릴케의 초상화는 두 사람이 함께한 시간의 흔적이다.[그림 5] 주황색, 하얀색, 검은색, 녹색의 릴케는 아주 젊게 보인다. 파라오의 턱수염, 아틸라의 콧수염, 빳빳하게 세워진 옷깃, 넓은 이마, 거무스레한 눈가, 보랏빛 흰자위, 동그란 눈, 올라간 눈썹, 벌어진 입. 『아델 블랑섹의 기이한 모험(Adèle Blanc-Sec)』●에 나오는 어리둥절한 교수들을 닮았다(파울라도 아델의 것과 비슷한 모자를 가지고 있다). 입술이 두껍고 코가 크고 턱수염은 네모지고 눈은 쏙 들어갔다. 오른쪽에서 무엇인가가 잡아당기는 것처럼 얼굴은 약간 일그러져 있다. 릴케는 멀리, 다른 곳을, 들여다보고 있다. 어떻게 살아야 할지 모른 채 평생 글을 써야 하는 운명에 충격을 받은 듯하다.

파울라는 다른 사람이 보지 못한 것을 보았다. 이십 년 후 정확하게 1926년 4월 30일 화가 레오니트 파스테르나크는 릴케에게 다음과 같은 편지를 썼다. "잡지 『퀴에르슈니트(Querschnitte)』"에서 당신의 초상화 두 점을 봤습니다. 하나는

● 만화가 자크 타르디의 만화 시리즈. 20세기 초 파리를 배경으로 스릴러 소설 작가인 아델 블랑섹이 미스터리를 해결하는 과정이 담긴 판타지 만화.

화가의 이름은 잊었습니다만, 선생과 많이 닮았습니다. 다른 그림은 파울라 모더존이라는 여성 화가가 그린 것인데 꽤 유명하고 재능 있는 화가라고 들었습니다. 그런데 선생과 닮은 구석이라고는 찾을 수 없었습니다. 전혀 말입니다. 그렇게 서로 다를 수가 있을까요? 분명 착오가 있었거나 작품 제목에 실수가 있었을 겁니다. 아마 그럴 겁니다. 아무튼 그렇다는 얘기입니다."

*

1906년 봄 파울라와 릴케는 일요일마다 만나 퐁텐블로나 샹티이로 소풍을 갔다. 가끔 여성해방 운동가이며 릴케의 친구인 엘렌 케이가 동행하기도 했다. 그녀는 스웨덴 사람이고 두 사람보다 나이가 훨씬 많았다. 토요일 저녁에는 몽파르나스 대로와 레오폴 로베르 거리 모퉁이에 있는 주뱅이라는 식당에서 함께 식사를 했다. 당시 사람들은 주뱅을 이렇게 묘사했다. "테이블이 너무 붙어 있어서 옆 테이블에서 이야기하는 소리가 다 들리는 곳이었다. (…) 주위에서 여러 나라 말이 들려왔다. (…) 여자 화가들이 많이 왔다! 저 여자들은 무슨 그림을 그리는 걸까? 여자 화가들은 치마를 입었다. 타이트스커트와 꽃과 과일로 장식한 커다란 모자가 유행하던 때였다."◆ 대개

◆ 아드리앵 보비 『친구들이 말하는 라뮈(Ramuz vu par ses amis)』에서 '1906년의 추억.' 라주 돔 출판사 1988.

파울라는 아스파라거스를 먹고 릴케는 멜론을 먹었다.

5월 13일 생클루 공원을 산책하고 돌아오는 길에 파울라는 손가방이 없어졌다는 것을 알았다. 릴케는 가방을 찾기 위해 최선을 다했다. 여기저기 안 가본 곳 없이 바쁘게 돌아다녔다. "생클루에서 우리가 차를 마셨던 파란 정자에 갔습니다. 공원 안에 있는 파출소에도 갔고 바토 무슈• 사무실에도 갔습니다. 손가방이 어떻게 생겼는지 그 안에 무엇이 있는지 알려줬고 당신의 주소도 남겨놓았습니다. 찾으면 연락이 올 테지만 큰 기대는 하지 않는 편이 좋을 것 같습니다. 손가방을 가져간 자가 돌려주어야 가방을 찾을 수 있는데 도둑들이 그럴리 만무하니까요. 우리가 함께 보낸 오후가 가방 분실로만 기억될 것이 안타깝습니다. 게다가 무엇과도 바꿀 수 없는 소중한 물건이 그 작은 가방 안에 들어 있었다는 사실이 너무나 안타깝습니다. 하지만 어쩔 도리가 없군요."

다른 많은 것들도 잃게 될 것이다. 온 세상이 상실을 향해 달려가 베르됭••의 참호 속으로 몸을 던지게 될 것이다. 파울라에게는 살날이 500일밖에 남지 않았다.

• 센강 유람선.
•• 1916년 2월에서 9월까지 10개월간 전투가 지속되고 최소 70만 명의 사상자가 난 제1차 세계대전의 최대 격전지.

6월 초 예고 없이 오토가 파리에 나타났다. 보르프스베데로 돌아가자고 파울라를 설득하기 위해 온 것이다. 헤르마가 매우 힘든 한 주였다고 증언했다. 릴케의 초상화는 아직 완성 전이었을 것이고 남편의 갑작스런 출현으로 시인은 달아나다시피 자리를 피했을 것이다. 미완성으로 남은, 초현실적으로 보이는 새까만 두 눈은 일부러 만든 통로처럼 보인다. 릴케의 살아 있는 시선, 그의 유령이 새어 나오는 구멍 같은 시선.

파울라는 돌아가지 않았다. 1906년 여름은 지독히 더웠다. 아틀리에는 벼룩이 들끓었고 유리창의 유리는 두터운 노란색으로 되어 있어 하늘이 보이지 않았다. 더위를 피할 곳을 찾아야 했다. 이 여름을 어떻게 견뎌야 하나, 이 뜨거운 열기와 어떻게 싸워야 하나, 하루를 또 어떻게 보내야 하나? 파울라는 자신이 살날이 얼마 남지 않았다는 것을 몰랐겠지만 어쨌든 당장 오늘 죽을 것 같았다. 시원한 공기와 시골을 갈망했다. "밖에서 그림을 그릴 수 있는 여름이 지속되었으면 좋겠어요."

8월 3일. 태어나서 이렇게 더운 적이 없었다. 머리가 돌 지경이었다. 파울라는 릴케에게 편지를 썼다. 여름을 보낼 좋은 곳을 알고 있느냐고 어딘지 알려주면 가겠다고 썼다. "당신의 파울라…?" 서명에 물음표가 붙어 있다.

릴케는 벨기에의 퓌르너 근처 마을에서 클라라와 루트와

함께 있다고 답장을 했다. 하지만 정확한 마을의 이름은 적지 않았다. "당신이 찾고 있는 바다가 전혀 아닙니다." 게다가 물가가 오스텐더만큼 비싼 곳이어서 모를레나 생폴드레옹이 더 적당할 것 같다. 그곳으로 가는 기차역을 알려주겠다. 『1906년 노르망디 해수욕장 가이드』라는 안내 책자를 사 보라. 몽파르나스 역에서 50상팀에 살 수 있다. 생장에데벵이라는 호텔이 묵을 만하고 프리멜 곶을 꼭 가봐야 한다. 생장뒤드아에서는 르네상스 양식의 분수와 15세기 성당을 보기를 권하고 해변으로 갈 때는 그늘진 길로 가시라.

벨기에에 있으면서 브르타뉴 지방을 추천하는 이상하고 부적절한 답장이었다. "저희 가족의 인사를 받아주시고 여행 계획을 잘 짜기 바랍니다. 로스코프로 갈 때는 꼭 저녁 8시 24분 기차를 타십시오."

파울라는 포기했다. 더위에 한기를 느꼈다. 더 이상 말하지 않았다.

일 년 후 릴케는 파울라에게 사과의 편지를 보냈다. "당신이 벨기에로 짧은 서신을 보냈을 때 그곳으로 오라고 답하지 못한 것에 그동안 마음이 좋지 않았습니다. 당시 저는 클라라와 루트를 다시 만나게 되어 정신이 없었고 오스트두잉케르커는 전혀 마음에 들지 않았습니다. 나중에 생각하니 제가 드린 답

장이 부적절했고 어느 때보다도 우리의 우정이 필요한 순간에
저는 당신에게 무심하고 말았습니다. 그러지 말아야 했는데 말
입니다. (…) 지금 당신을 보러 갈 수 없어 더욱 안타깝습니다."

파울라와 릴케가 마지막으로 만난 것은 1906년 7월 27일
주뱅 레스토랑에서였다. 두 젊은이는 그것이 마지막인 줄 몰
랐다. 젊을 때는 마지막의 의미를 모른다. 살아남은 자가 나중
에 과거의 문장들을 되돌아보면 무의미의 공간이 의미로 채워
진다. 두 사람은 더 이상 함께 여름을 보내지 못할 것이며 산책
도 할 수 없을 것이고 일요일에도 만나지 못할 것이다.

*

8월 12일. 더위가 가셨다. 파리에 꼼짝 못하고 묶여 있는 것
도 혼자 있는 것도 견딜 만해졌다. 연필로 자신의 아틀리에를
스케치한 데생이 있다. 벽에 회트거 부인의 초상화 그리고 나
체의 여자가 아이와 함께 누워 있는 큰 그림이 걸려 있다.[그림10]

내가 파울라를 만나게 된 것은 이 누워 있는 나체의 여자를
통해서다. 2010년쯤 메일을 하나 받았다. 스팸 메일이었는데
출산에 관한 정신분석학 심포지엄 안내장이었다. 안내장에는
행사 성격을 설명하는 그림이 있었다. 어렸을 때 나를 사로잡
았던 포스터가 생각났다. 부모님께서 구입해 액자에 넣어 방
에 걸어놓은 것인데 1970, 1980년대 활동했던 루이 토폴리°가

123

그린 모자상이었다. 따뜻한 색채의 인물들을 둥글고 네모나게 그린 연작으로 유명한 화가다. 하지만 안내장의 이미지는 토폴리의 것이 아니었다.

그렇게 시작되었다. 누가 그린 것일까? 수유에 대해 대체 어디서 배웠을까? 지금까지 나는 그렇게 편하게 수유하는 자세를 보지 못했다. 병원에서 가르쳐준 적도 없고 성모와 아기 예수 그림에서도 보지 못했다. 그림에서 엄마는 앉아 있거나 아이를 팔로 무겁게 들고 있는 것이 아니라 옆으로 누워서 아이에게 젖을 먹였다. 유백색의 몽롱함, 흘러내리는 젖, 두 사람의 열기가 느껴졌다. 당시 나는 셋째 아이를 낳고 수유 중이었다. 누구의 말도 듣지 않고 내가 경험으로 얻은 교훈도 무시하고 아이가 세 살이 될 때까지 모유를 먹일 작정이었다.

2001년 나는 소설 『아기』를 썼다. 모성에 대한 편견에 도전하고 '어머니는 누구인가?'라는 질문을 던지는 이야기다. 책 출간 후 나는 엄마와 아기를 진지하게 받아들이지 않는 남자들이 있다는 것을 알게 되었다. 엄마와 아기, 태어나자마자 누구나 맺게 되는 특별할 것 없는 이 관계를 남자들은 어떻게 다루어야 할지 몰랐다. 엄마가 성모(성모와 아기 예수)나 창녀

● Louis Toffoli. 이탈리아 트리에스테에서 출생한 프랑스 화가. 음영법과 부드러운 파스텔톤의 색조를 주로 사용해 빛의 마술사라는 별칭을 가지고 있다. 모자상을 많이 그렸다.

(비너스와 큐피드) 중 하나여야 했다.

　화가 파울라는 모델이 아기를 껴안고 옆으로 누워 자고 있는 모습을 봤다. 그 장면을 여러 장 스케치하고 유화도 두 점 그렸다. 유륜은 넓고 치골은 검고 무성하다. 배는 둥글고 허벅지와 어깨는 튼튼하다. 데생에서는 엄마와 아기가 다정하게 서로 코를 맞대고 누워 있고 유화에서는 엄마와 아기가 나른하게 대칭으로 누워 있다. 두 사람 모두 태아 자세를 취하고 있다. 우아하지도 성스럽지도 외설스럽지도 않다. 다른 형태의 관능이고 다른 형태의 힘이다. 위대하다.

　내가 한 번도 보지 못한 유형의 그림이었다. 1906년에 자신의 몸을 이렇게 내보인 여자가 있었을까? 파울라 모더존 베커라는 화가는 어떤 사람일까? 이 여성 화가에 대해 지금까지 왜 한 번도 들어보지 못했을까? 그녀에 대한 글을 읽을수록, 그녀의 그림을 볼수록(수유하는 그림이 여럿 있다. 엄마가 젖을 들고 아이에게 젖을 빨리는 그림은 여성 화가만이 보여줄 수 있는 것이다) 이 화가에 대해 글을 써야겠다는 생각이 커졌다. 이 화가의 작품을 세상에 보여주는 데 힘을 보태고 싶어졌다.

*

　2014년 5월 나는 루르 지방 에센에 있었다. 루르 지방 하면 프랑스 사람들은 광산을 떠올리지만 공업도시이고, 인구도 많다. 에센은 파리에서 출발하는 고속열차 탈리스의 종착지이며 세계에서 가장 아름다운 미술관 중 하나로 꼽히는 폴크방 미술관이 있는 도시다. 가벼운 금속 골조와 통유리로 된 건물 안에 파울라의 유화 한 점이 있다. 그녀의 강렬한 자화상이다.

나는 에센에 소재한 프랑스 문화원 원장인 미셸 뱅상과 폴크방 미술관 학예사 한스 위르겐 레히트레크를 만났다. 학예사는 잘생기고 젊고 재밌고 섬세한 남자였다. 그리고 약간 난처해했다. 그는 파울라의 자화상을 보여주기 위해 우리를 지하로 안내했다. 그러니까 전시관이… 그가 적당한 말을 찾는 듯했다. 임시 전시관입니다…

미술관 지하에는 여성 작가들의 작품이 전시되어 있다. 천장은 낮고 조명은 부족했다. 여성 예술가들의 작품이 이토록 부당한 대접을 받고 있는 곳을 나는 그 어디서도 보지 못했다. 저 위 밝은 곳에는 반 고흐, 세잔, 고갱, 마티스, 피카소, 브라크, 키르히너, 놀데, 칸딘스키, 클레가 모셔져 있고 여기 아래 어둠침침한 곳에는 작은 고대 조각상들과 현대 비디오아트가 무질서하게 섞여 있다. 여신, 여왕, 엄마와 아이… 이 작품들의 유일한 공통점은 여성 작가의 작품이거나 소재가 여성이라는 것이다.

전시관 한구석 죽은 공간, 커다란 텔레비전 모니터 뒤에 파

울라의 최고 걸작 「동백나무 가지를 들고 있는 자화상」이 있
다.[그림15] 파울라의 자화상으로 미술관 홍보를 하면서 이렇게
푸대접을 하다니… 모순이 아닐 수 없다. 미술관 앞 대로에는
파울라의 자화상이 인쇄된 2미터 길이의 세로로 긴 배너가 바
람에 흔들리고 있다.♦

　실제로 보면 동백나무 자화상은 가로 30센티미터 세로 60
센티미터의 작은 작품이다.

　파울라가 우리를 쳐다보고 있다.

　슬퍼 보이는군요. 미셸이 말했다.

　눈이 그렇죠? 한스 위르겐도 동의했다.

　두 남자는 반짝이는 눈동자 아래 보이는 것이 눈물의 흔적
아니냐고 서로 의견을 나누었다.

　파울라는 일부러 역광으로 그렸다. 관람자들이 빛을 마주
하게 했다. 내 눈에는 약간 미소를 짓는 것처럼 보인다. 하지만
입술 양 끝에 주름이 잡혀 있고 눈 주위는 거무스레하다. 튤립

♦ 일 년 후 미셸 뱅상은 파울라의 자화상이 위층으로 올라갔다고 나에게 알려왔다.

모양으로 오므리고 있는 손으로 동백나무 가지를 들고 있다.
목에는 무겁게 느껴지는 호박 목걸이가 걸려 있고 눈썹은 뭔
가에 집중한 듯 약간 찌푸리고 있다.

나는 그녀가 그림을 그리고 있는 중이라고 생각한다. 해석
이 불필요하다는 말은 아니다. 결혼 생활의 고통과 실망, 예술
가로서의 고독을 읽을 수도 있다. 하지만 그녀는 우리를 원망
하지 않는다. 그녀의 시선은 그림을 그리고 있는 화폭과 자신
의 얼굴을 관찰하는 거울에 고정되어 있다.

그림을 그리고 있는 여자의 자화상이다.

*

나치는 「동백나무 가지를 들고 있는 자화상」을 다른 전신
나체화와 함께 '퇴폐 예술'로 낙인찍고 전시했다. "사후에 유명
해진 보르프스베데 출신 여자 화가의 작품은 무척 실망스럽
다. 여자 화가의 시선은 여성적인 것과는 거리가 멀고 외설적
이다. (…) 파울라 모더존의 그림은 독일 여성과 농민들에 대
한 모독이다. (…) 감수성은 어디에 있는가? 모성을 가진 여성
은 어디에 있는가? (…) 색채가 역겹고 농부, 아픈 아이, 백치,
인간 패배자들의 바보 같은 얼굴이 마구 뒤섞여 있다."◆

◆ 이 문구를 학예사 티네 콜스트럽이 2015년 루이지애나 박물관의 전시 도록에 인

*

파울라는 진짜 여자들을 그렸다. 나는 드디어 '벗은' 여자들을 그렸다고 말하고 싶다. 남자들의 시선을 벗은 여자들. 이 여자들은 남자들 앞에서 포즈를 취하지 않고 남자들의 욕망, 불만, 소유욕, 지배욕, 모순을 통해 보여지지 않는다. 파울라 모더존 베커의 여자들은 유혹적이지도(제르벡스), 관능적이지도(고갱), 도발적이지도(마네), 희생자도(드가), 격정적이지도(툴루즈 로트레크), 뚱뚱하지도(르누아르), 거대하지도(피카소), 조각상 같지도(퓌비 드샤반), 숭고하지도(카롤루스 뒤랑) '흰색이나 핑크색 아몬드 가루 반죽' 같지도 않다(카바넬, 졸라가 카바넬을 조롱한 표현이다). 파울라의 그림에는 어떠한 보복도 어떠한 주장도 어떠한 판단도 없다. 자신이 본 것을 보여줄 뿐이다.

파울라는 아이들도 있는 그대로 보여주었다. 미술의 역사는 냉소적인 성모의 가슴에 매달려 있는 지독하게 못생긴 수많은 아기 예수를 생산해냈다. 원숭이 주둥이에 늙은이의 목을 한 아이가 젖을 빠는 모습은 잘 봐줘야 엄마 젖을 빠는 송아지고, 최악의 경우는 쓰리쿠션 당구공 같다. 하지만 파울라

용했다. 1935년 8월 25일 브레멘 저널에 실린 기사를 보면 「누워 있는 엄마와 아이」 역시 퇴폐 예술로 규정되었다.

가 그린 아이들은 이전에 그림에서 봤던 아이들과 전혀 다르다. 내가 실제로 보았던 아이들을 닮았다.[그림14] 눈을 크게 뜨고 온 신경을 집중해서 젖을 빤다. 손은 엄마의 젖가슴에 얹고 있거나 주먹을 쥐고 있다. 손목은 없고 주름만 잡혀 있다. 목은 가누지 못한다. 다리는 포동포동하지만 근육은 없다. 팔이 가느다란 아기들도 있다. 두 볼은 핑크빛이거나 하얗다. 하지만 절대 어른의 얼굴빛은 아니다. 그리고 아기들은 파울라가 자주 쓰는 주황빛으로 통통하다…

어린 엘스베트가 목욕을 하면서 가슴을 만지며 이게 무엇이냐고 물었다. 파울라는 시적으로 대답했다. "신비스러운 곳이야." 세상이 시작하는 곳이며 그 끝에는 생명이 매달려 있다. 작은 인간이 여자의 자궁에서 나온다는 것부터가 파렴치한 일인데 그 작은 인간이 여자의 젖가슴을 먹고 자란다? 절도고 유용이다. 갓난아이에게 젖을 먹이고 있는 마네의 올랭피아를 상상할 수 있을까? 성모의 자궁은? 상상 불가의 영역이다.

여자의 그림이라는 것이 존재하는지는 모르겠지만 남자의 그림은 사방에 있다. 파울라가 루브르 박물관을 갔을 때 여성화가의 그림은 넉 점밖에 없었다. 엘리자베스 비제 르브룅●(루

● Elisabeth Vigée-Lebrun. 프랑스 화가. 1778년 마리 앙투아네트 왕비의 공식 초상화가가 되어 왕비의 초상화 여러 점을 그렸다. 오십여 점의 자화상도 남겼는데 「밀짚모자를 쓴 자화상」이 유명하다. 어린아이들과 모자상도 많이 그렸다. 「딸 쥘리를 안고

브르에 전시된 첫 여성 화가다), 콘스탕스 마예•의 알레고리
그림, 아델라이드 라비유귀아르••의 파스텔 초상화 그리고 이
들 중 가장 늦은 20세기 초에 루브르에 입성한 오르탕스 오드
부르레스코•••가 그들이다. 릴케가 클라라에게 1907년 가을
살롱전에 관해 편지를 썼을 때 베르트 모리조••••에게 전시
관 전체를, 그리고 에바 곤잘레스◆에게는 벽 하나를 내주었다
는 소식을 전했다. 편지에 언급할 정도로 획기적인 사건이었던
것이다. 미술관이든 갤러리든 전시하는 여자는 전시된 여자에
비해 압도적으로 소수다. 전시된 여자는 대부분 나체다. 콘스
탕스 마예는 나폴레옹 시대에 나체화를 그렸다는 이유로 조롱

있는 마담 르브룅」이 루브르에 있다.

• Constance Mayer. 프랑스의 신고전주의 화가. 쉬베와 그뢰즈에게 배우고 1802년부
터 프루동의 제자가 되어 오랫동안 공동 작업을 했다. 연인 사이였던 관계로 마예의
그림이지만 프루동이 작업했을 것이라는 오해를 받았고 마예의 작품이 한동안 프
루동의 작품으로 알려지기도 했다. 「행복의 꿈」이 루브르에 있다.

•• Adélaïde Labille-Guiard. 프랑스 화가. 궁정의 왕녀들(루이 16세의 고모들) 초상화
를 그려 귀족들 사이에서 명성을 얻었다. 1783년에 엘리자베스 비제 르브룅과 함께
왕립회화조각 아카데미 회원으로 받아들여졌다. 조각가 오귀스탱 파주의 초상화
가 루브르에 있다.

••• Hortense Haudebourt-Lescot. 프랑스 화가. 초상화와 장르화를 주로 그렸으며, 남
성 화가의 스타일로 자신의 초상화를 그린 최초의 여성 화가다. 그 자화상이 루브르
에 있다.

•••• Berthe Morisot. 프랑스 인상주의 화가. 마리 브라크몽, 메리 카사트와 함께 3대
여성 인상주의 화가로 불렸다. 1864년 처음으로 살롱전에 입선된 후 여섯 번이나 참
가했지만 에두아르 마네를 만난 후 관습에 얽매이지 않는 자유로운 화풍을 채택하
게 된다. 여성, 아기, 꽃, 집안 생활 등 '여성적' 소재를 주로 그렸다.

◆ Eva Gonzalès. 마네의 제자. 서른네 살에 출산하고 며칠 후 폐색전증으로 사망했다.

받고 공격받았다. ◆

화가들은 여자를 그린다. 여기서 화가들은 남자를 말한다. 수백 년 동안 남자의 시선만 있었다. 1906년 봄 파울라는 졸라의 『작품』을 읽었다. 세잔에게 영감을 받은 이 소설에서 여자는 얼음장처럼 차가운 아틀리에에서 부끄러워하며 나체로 포즈를 취하는 희생자다. "그렇게 해서 완전히 지쳐버린 크리스틴은 예술의 절대적인 힘이 자신을 짓누르고 있는 것을 느끼게 되었다." 이야기가 진행되고 인물들이 나이가 들어감에 따라 크리스틴의 살은 물렁해지고 처졌다. 화가인 남편이 지적했다. "겨드랑이에 주머니가 생겼군."

콩스탕스 마예가 나체화를 그리고 백 년이 지나 파울라 모더존이 나체화를 그릴 때 부끄러운 줄 모른다고 그녀를 비난하는 사람은 없었다. 파울라는 해부학을 공부했고 그것을 숨기지 않았다. 그리고 혼자가 아니었다. 아카데미의 친한 여자

◆ 1812년 르프랑이라는 비평가가 콩스탕스 마예의 걸작 「어린 나이아데스」를 무차별 공격했다. "여자들에게 인체의 아름다운 비율이 어떻게 만들어지는지 절대 가르쳐서는 안 된다. 모든 근육의 형태와 기능을 가르치고 대퇴골과 천골이 무엇인지 알려주고 또 다른 수많은 아름다운 것을 배우게 해서는 안 된다. 공부를 해도 아무짝에도 쓸모가 없기 때문이다. (…) 여자 화가는 꽃을 그리거나 사랑하는 부모님의 모습을 화폭에 담는 것으로 화가 행세하는 것에 만족해야 한다. 그 외 다른 것을 그리는 행위는 자연에 반하는 것 아닌가? 정숙의 덕성을 저버리는 것 아닌가?" 콩스탕스 마예는 1821년 마흔다섯의 나이에 자살로 생을 마감했다.

동료들과 동시대인인 수잔 발라동* 도 나체화 습작을 했다. 하지만 자신의 벗은 몸을 그리는 것은 다른 문제다…

*

브레멘에 있는 모더존 베커 미술관에 파울라의 가장 유명한 나체 자화상이 있다.[표지 그림] 파울라 모더존을 말할 때 항상 언급되는 작품이다. 엉덩이까지 옷이 내려져 있고 몸은 사분의 삼 정도 틀어서 서 있다. 목에는 커다란 호박 목걸이가 걸려 있고 작은 젖가슴은 뾰족하게 솟았다. 그리고 배가 불러 있다. 임신 4, 5개월 정도 되어 보인다. 이례적으로 그림 하단에 문장 하나를 써 넣었다. "서른 살이 되는 해 결혼 6주년을 기념하여 그리다. P.B."

그런데 날짜가 이상하다. 1906년 5월 25일에 파울라는 임신을 하고 있지 않았다. 정확히 한 달 전에 오토에게 지금 아이를 가질 수 없다고 더구나 그의 아이는 가질 수 없다고 말하지 않았는가! 하지만 그림에서는 많은 임산부들이 하듯 손으로 배를 자랑스럽게 감싸는 자세를 취하고 있다.

지구상에 서른 명밖에 없는 파울라 모더존 베커 연구자들

---

* Suzanne Valadon. 퓌비 드샤반, 르누아르, 로트레크의 모델을 했다. 수잔 발라동의 스케치를 보고 재능을 알아본 드가의 격려로 그림을 그리기 시작했다. 힘 있는 구성과 강렬한 색을 특징으로 하며 자신의 나체화를 많이 그린 것으로도 유명하다.

은 동그막한 배가 무엇을 의미하는지 토론을 벌였다. 음식 문제가 제기되었다. 양배추와 감자를 너무 많이 먹어서 그렇다는 것이다. 그렇다면 배가 나온 여자의 자화상이란 말인가? 그렇게 수프를 많이 먹었다는 말인가? 아니면 임신을 **상상한 것**일 수도 있다. 재미로 배를 부풀리고 허리를 젖히고 배를 앞으로 쭉 내민 것이다. 어떤지 보려고. 자화상은 자신이 원하는 대로 자신이 상상하는 대로 자신을 그리는 자전적 소설이다. 파울라는 자신이 생각하는 자신을 그렸다. 아름답고 밝고 장난기가 넘치는 여자.

그런데 여기서 중요한 것은 파울라의 자화상이 여성이 자신의 나체를 그린 최초의 그림이라는 사실이다.

옷을 벗고 캔버스 앞으로 가서 그림을 그린다. 이것이 내 살이다. 내 배를 보여주겠다. 내 가슴을 어떻게 그리지? 내 배꼽은… 여성 화가의 나체 자화상은 자신과 일대일로 마주하는 것이며 미술의 역사와 마주하는 것이다.◆

모델료가 비싸서 그랬을까? 아니면 일부러? 파울라는 건강하고 운동을 좋아하고 아름답고 통통하고 나체주의자이고 독

◆ 아르테미시아 젠틸레스키(1593~1652?/1653?)가 여자의 나상을 그린 최초의 여성 화가이다. 하지만 빼어난 수작 「수산나와 늙은이들」에서 수산나가 자화상인지 아닌지에 대한 논란이 있다. 가슴을 보인 수잔 발라동의 자화상은 1917년 작이다.

일인이고 자신의 몸을 좋아했다. 벌거벗은 자신의 몸을 그리는 행위는 자기도취가 아니라 힘든 작업이다. 해야 할 일이 많다. 거울이나 사진을 보고 그리며 찾아내야 할 것이 많다. 파울라가 자신이 역사상 첫 나체 자화상을 그린 화가라는 것을 의식했는지는 알 수 없지만 어쨌든 옷을 벗었어도 그녀의 표정은 여전히 밝다.

*

릴케의 시 「어느 친구를 위한 진혼가」

그 무르익은 과실, 바로 그것을 그대는 이해하고 있었기 때문이다.

그 과실을 그대는 접시에 담아 앞에 놓고

그 무게를 색채와 균형을 이루게 했다.

그대는 여자들이나 아이들도

과실처럼 보고 그들이 내부로부터

그 존재의 형상으로 밀려드는 것을 바라보았다.

그리고 마지막에는 자기 자신조차도 한 과실처럼 보고는

자신을 그대의 옷 속에 꺼내어

거울 앞으로 들어가, 눈만 밖에 남겨두고

그 속으로 자기 자신을 밀어 넣었다. 그대의 큰 눈은 그것을 보며

이것이 나다, 라고 말하질 않았다,

아니, 이것은 존재한다고 말을 했다.•

*

허리까지 옷을 내린 파울라의 사진 두 장이 존재한다. 수수께끼 같은 사진이다. 두 장 모두 1906년 여름쯤 찍은 것으로 같은 자세를 취하고 있다. 호박 목걸이를 하고 정면을 보고 있는 이 사진은 큐비즘의 도래를 알리는 선구적인 자화상의 모델이 된다.[그림12] 머리에는 데이지꽃 화관을 쓰고, 한 손은 튤립 모양으로 오므려 과일을 들고 있고 다른 한 손은 어깨를 향하고 있다. 미소에서 강한 힘이 느껴진다.

이 사진들이 수수께끼 같은 이유는 누가 찍었는지 모르기 때문이다. 사진의 분위기는 조용하고 물론 내밀하고 진지하고 학구적이다. 작업을 위한 사진임에 틀림없다. 파울라의 시선은 자신감이 넘치고 다정하고 차분하다.

카메라 뒤의 인물이 릴케라는 과감한 가설이 있다.♦ 하지만 부자연스러울 정도로 서로에게 높임말을 하고 어떠한 육체적 관계도 피한(가벼운 연정을 느낄 수는 있었겠지만) 두 사람이 그런 사진을 찍었다는 것은 상상하기 힘들다. 옷을 입고 있는

• 『두이노의 비가』, 손재준 옮김, 열린책들 2014, 265~66쪽.
♦ 다이앤 래디키 『파울라 모더존 베커, 첫 현대 여성 화가』, 예일대학교 출판부 2013, P. 153.

릴케가 옷을 벗고 있는 파울라의 사진을 찍는다? 근사한 가설임에는 틀림없다. 릴케와 파울라는 열정적인 사람들이다. 두 사람 모두 자신이 무엇을 찾는지, 무엇을 원하는지 잘 알고 있다. 글을 쓰고 그림을 그리고 창작을 하고 적극적으로 고독을 탐닉했다. 그리고 두 사람 모두 정확히 같은 시기에 결혼으로부터 도망쳤다. 어느 누구도 관습을 내세우며 두 사람이 가는 길을 막지 못했다.◆ 그래서 어쩌면 예술가로서 그리고 친구로서 그 같은 사진이 완전히 불가능한 것은 아니었을 수도…

　파울라의 전작 도록에 명시된 공식 버전에 따르면 사진은 여동생 헤르마가 찍은 것이다. 그렇다면 어린 가정교사가 1906년에 엄청나게 비싼 카메라를 가지고 있었다는 얘기가 된다. 베르너 좀바르트가 찍었다고 추측하는 사람들도 있다. 파울라는 수염을 기른 사회학자 좀바르트를 1906년 1월 하웁트만의 집에서 처음 만났는데 두 사람이 파리에서 잠시 연인이 되었을 가능성도 있다. 불가리아 남자들 중 한 명은 어떤가? 안 될 이유는 없다. 파울라가 그린 좀바르트의 멋진 초상화가 남아 있는데 잘생긴 불가리아인의 초상화는 없다. 그래서 불가리아인이 어떻게 생겼는지는 알 수 없다.

◆ 릴케가 클라라에게. "우리는 함께 사는 것을 계속 미룰 수밖에 없습니다. (…) 나의 세계는 비개인성을 향해 확장의 움직임을 시작했습니다. 루트가 태어났던 눈 쌓인 집에서 출발해서 끊임없이 확장을 하면서 중심에서 아주 멀리 나갔습니다. 그 둘레가 사방에서 무한대에 도달하는 동안에는 그 중심에 무관심하지는 않을 겁니다." (1906년 12월 17일 카프리)

아니면 그냥 남편 오토가 찍었을 수도 있다. 하지만 결혼 생활에 문제가 있는 부부가 잠시 모든 것을 접어두고 그런 사진을 찍었다는 것은 상상하기 힘들다.

1906년 여름 파울라의 모습이 종이 사진 위에 남아 있다. **진짜로** 그녀는 뾰족한 젖가슴과 큰 배, 둥근 어깨를 가졌고 희미한 미소를 짓고 하얀 목에 진한 색깔의 호박 목걸이를 했다.

*

1906년 9월 3일 오토는 파리에 있는 아내를 되찾으려는 노력을 또 시도했다. 파울라의 답은 이랬다. "오토에게. 얼마 안 있으면 당신이 오겠군요. 당신을 위해서도 나를 위해서도 이런 고통은 피해야 해요. 제발 나를 내버려둬요. 남편으로서 당신을 원하지 않아요. 정말이에요. 자신을 더 이상 괴롭히지 말고 이제 그만 받아들여요. 과거는 과거에 묻어두세요. 그 외에는 당신 원하는 대로, 바라는 대로 하시고요. 여전히 내 그림이 좋다면 몇 점 골라 가지세요. 다시 합치려는 노력은 그만하시고요. 고통만 더 심해질 거예요. 돈이 필요해요. 이번이 마지막이에요. 500마르크면 돼요. 잠시 시골에 가 있을 생각이에요. 그러니 보지라르 가 108번지 B. 회트거 앞으로 돈을 보내주세요. 돈을 받을 때까지 살 방법을 궁리할게요. 지금까지 저에게 많은 것을 주셨어요. 너무 고마워요. 하지만 이것이 내가 해줄 수 있는 전부예요. 당신의 파울라 모더존."

9월 9일 파울라는 또 편지를 보냈다. "오토에게. 일전에 당신에게 보낸 인정머리 없는 고약한 편지는 화가 난 상태에서 쓴 거예요. 당신이 바젤에서 어머니에게 우리의 사이가 왜 그렇게 되었는지 이유를 말하지 않았다고 들었어요. 어머니에게 말씀을 드리는 것이 당신의 도리잖아요. 게다가 쿠르트 오빠의 편지에 당신이 당신의 신경증이 나 때문이라고 했다더군요. 전혀 사실이 아니잖아요. 헬레네와 신혼여행 갔을 때도 그랬다고 당신이 나에게 말했잖아요. 내가 당신의 아이를 갖고 싶지 않은 것은 일시적인 것이었어요. 나는 허약한 다리로 지탱하고 있어요. 당신이 내 탓을 한 것에 대한 분노로 편지를 그렇게 쓴 거예요. 미안해요. 나를 완전히 떠난 것이 아니라면 빨리 파리로 와주세요. 잘 지내도록 노력해봐요. 내가 변한 것이 이상하겠지만 나는 유약한 작은 인간에 불과해요. 무엇이 나를 위한 것인지 모르겠어요. 머리가 너무 복잡해요. 하지만 내가 잘못했다고 생각하지는 않아요. 당신이나 가족들에게 고통을 주고 싶은 마음은 추호도 없어요."

9월 16일. 파울라와 오토는 숙소 문제에 대해 상의했다. 방을 따로 빌려야 할지, 아틀리에를 빌려야 할지, 이불을 미리 보내야 할지, 그 짐에 파울라가 좋아하는 킬트 담요를 같이 보내야 할지 등을 상의했다.

부부는 파리에서 6개월을 함께 보냈다. 두 사람이 숙소 문

제를 어떻게 해결했는지 모르겠지만 파울라는 1907년 3월에
임신을 했다.

*

1906년 11월 파울라의 그림이 브레멘 미술관에서 열린 단
체 전시회에 출품되었다. 아마도 「검은 모자를 쓴 여자아이」였
을 것이다.[그림 7] 파울라의 어머니는 「검은 모자를 쓴 여자아
이」를 한 번도 좋아한 적이 없다는 말과 함께 전시회 관련 비
평 기사 두 개를 파울라에게 보냈다. 브레멘 미술관 관장 구스
타프 파울리는 '환호의 나팔'을 불었다. 동시에 '놀라운 색채
감각과 뛰어난 재능'을 가진 화가가 1899년 브레멘에서 당했던
가혹한 수모를 상기시키며 파울라의 진지하고 강렬한 재능이
또다시 조롱당하지 않을까 우려를 표시했다. "이 그림에는 그
림을 보는 눈이 없는 사람들이 좋아할 만한 요소가 전혀 없다.
(…) 「검은 모자를 쓴 여자아이」가 추하다고 생각하고 더 심하
게는 경멸하기로 결정한 사람이 있다면 수많은 독자들의 동의
를 안심하고 기대해도 좋을 것이다."

파울라는 파울리 관장의 비평이 기쁠 것까지는 없지만 나
쁘지 않다고 동생 밀리에게 썼다. 파울라는 자신보다 더 부르
주아이고 신앙심이 깊고 결혼 생활을 잘하고 있는 동생에게 진
정한 기쁨은 은밀한 것이고 고독 속에서 찾을 수 있다고 충고
했다. 그리고 자신의 그림에 대해 말로 설명할 수 없는 것이 안

타깝고 자신들이 딸로 태어나서 훌륭하게 자랐는데도 밀리가 아들을 원한다고 나무랐다. 또 동생이 보내준 돈으로 산 자질 구레한 물건들, 예를 들어 예쁜 옛날 머리핀, 오래된 구두 버클 등을 하나씩 나열했다. 오토에 대해서는 '감동적인 사랑을 주는 사람'이라고 말하며 '내가 건강하게 오래 산다면 지금까지 받은 사랑을 오래도록 보답하며 살 것'이라고 썼다.

파울라의 서른한 살 생일에 밀리는 금화와 브로치를 선물했다. 어머니는 팔찌를, 엘스베트는 감자를 들고 있는 방앗간 주인을 그린 데생을, 오토는 하얀 솔과 파이융 초상화에 관한 책을 선물했다. 수데티산에서 살고 있는 하웁트만 부인은 화해의 표시로 설탕을 입힌 커다란 케이크를 보내왔다. 그렇지 않아도 하웁트만 부부는 다시 합친 부부를 보기 위해 파리를 방문할 예정이다.

"파리에 있는 마지막 몇 달 아무것도 하지 못했어요. 내가 무언가가 되기 위해서는 더 기다려야 할 것 같아요." 파울라가 릴케에게 보낸 편지다.

1907년 3월 9일. 파울라는 어머니와 밀리에게 임신 소식을 알렸다. "하지만 다른 사람들에게는 말하지 마세요."

*

"올 여름 내가 혼자 살 수 없는 여자라는 사실을 깨달았어. 내게 가장 중요한 것은 작업을 할 수 있는 안정된 환경이고 그건 오토 곁에서 가능할 것 같아." 파리를 떠나면서 클라라에게 그렇게 써서 보냈다. 또 가구를 주인집에 맡겨놓을 테니 릴케에게 팔아달라고 부탁했다.

몇 개월이 지난 후 릴케는 세잔의 수채화를 보다가 파울라가 자신에게 맡긴 가구가 갑자기 생각이 났다. 그동안 까맣게 잊고 있었던 것이다. "정말 한심하고 믿을 수가 없습니다. 가구를 잊고 있었다니요. (⋯) 저의 실수가 큰일이 아니길 바랍니다. 일괄로 넘기는 것이 더 수월하겠지요? 집의 번지수가 기억이 나지 않습니다. 제가 어떻게 할 수 없다고 해도 한 번 찾아가볼까 합니다. 그곳에 가봐야 되겠죠? 제가 큰 실수를 저지르지 않았나 걱정이 됩니다. 아무 말이라도 해주십시오. 괜찮다면 저를 안심시켜주는 말을 해주십시오."

릴케와 파울라는 가구 문제로 네 통의 편지를 주고받았다. 두 친구 사이의 마지막 서신들이다. 가구 문제는 계속 두 사람 사이를 가로막는 장애물이고 무거운 짐이었다. 파울라 역시 껄끄럽게 생각했다. 가구를 잊어버린 것이 '조금 섭섭하다'고 답장했다. 주소를 주는 것은 어려울 것 없이 몽파르나스 대로 49

142

번지 비티 아카데미이고 관심을 갖는 고물상이 있다면 가구를 전부 팔아서 그 돈으로 멋진 물건을 사서 보내달라고 했다. 파리에서 잃어버린 자개 브로치나 청동으로 된 귀부인 모양의 식탁 종, 아니면 포부르 생토노레 가 114번지 드루에 화랑에서 구할 수 있는 고갱의 작품 사진이면 좋겠다고 했다. 그리고 아쉽게도 자신은 파리에 갈 수 없기 때문에 살롱 도톤●의 카탈로그와 세잔의 카탈로그를 보내주면 고맙겠다고 했다.

임신에 대해서는 한마디도 없다. 단지 파리에 가는 것이 불가능하다는 암시만 있다.

릴케는 가구가 보관되어 있는 비티 아카데미로 갔다. 하지만 주인이 여름 내내 집을 비운 바람에 안으로 들어갈 수가 없었다. 아무리 사정해도 관리인이 말을 듣지 않았다. "자산은 그대로 있습니다. 늘어나지 않을 것은 확실하지만 줄어들지 않기도 바라봅니다. 시간 나는 대로 바로 가구 문제를 해결해서 알려드리겠습니다." 파울라가 릴케에게 다 맡기겠다고 했는데 정말 다 맡긴 모양이다. 나중에 아카데미에 들어갔을 때 보니 침대, 테이블 세 개, 의자 두 개, 커다란 거울 그리고 여러 잡동

● 매년 가을 프랑스 파리에서 열리는 미술 전람회. 봄에 열리는 대규모의 권위 있는 살롱전과 달리 젊은 작가들에게 전시 기회를 제공하고 인상주의 회화를 대중에 알리기 위해 1903년부터 시작되었다. 야수파와 입체파가 탄생하는 데 큰 공헌을 했다.

사니 등 파울라가 파리에서 쓰던 물건이 그대로 있었다.

10월 말경 릴케는 '비티 아카데미에서 살다시피 했다.' 아무도 가구를 원하지 않았다. 별 볼 일 없는 고물상들 역시 가격을 반으로 낮췄는데도 어깨만 으쓱하고 가버렸다. 관리인은 아예 들으려고도 하지 않았다. 거기다가 비티 부인으로부터 아틀리에를 팔려고 내놓았으니 물건을 당장 치우라는 '청천벽력' 같은 소리도 들었다. 그렇다고 가구를 길거리에 내놓을 수도 없어 릴케는 어느 모델에게 다 주기로 했다. 매트리스는 관리인이 차지했다. 어쨌든 일이 이렇게 된 것에 자신의 잘못도 있으니 릴케는 파울라에게 20프랑을 보상해주기로 했다. 릴케는 당장 내일이라도 떠날 수 있어 가구를 인수할 수는 없었다. 파울라에게 살롱 도톤의 카탈로그도 보냈다.

"잘 사십시오. 그리고 당신에게 헌신했던 저를 너그러이 봐주십시오. RM 릴케." 이것이 릴케가 파울라에게 쓴 마지막 문장이다.

*

그 주에 릴케는 『두이노의 비가』를 미리 짐작케 하는 편지를 아내 클라라에게 썼다. 침묵으로도 인생을 말할 수 있다면 침묵으로 채워져 있는 반(反)자서전(antibiographie)이었다. "오, 우리는 가는 해를 헤아리고 한두 번의 단절을 경험하지. 멈췄다가 다시 시작하고 선택 사이에서 망설이고… 하지만 우리에게 일어난 모든 일이 얼마나 서로 밀접하게 연결되어 있는지, 각각의 일이 얼마나 얽혀 있는지… 모든 일은 스스로 발생하고 커지고 모양을 만들어가는 거야… 사실 우리는 그냥 절실하게 여기 있으면 돼. 땅이 원래 여기 있었던 것처럼. 계절이 변하는 것에 순응하면서 말이야. 빛에는 그림자가 있고 모든 것은 제자리가 있는 것처럼. 별들이 안전하다고 느끼는 힘과 영향권이 아닌 다른 곳에서 쉽게 해달라고 요구하지 않으면서 말이야."

여기 있어 황홀하다.

*

1907년에 그린 자화상에서 파울라는 임신을 하고 있다.[그림16] 3월부터 그린 모든 자화상이 임신 중일 때 그린 것이겠지만 이 자화상에서 임신을 짐작케 하는 몇 가지 힌트를 감지할 수 있다. 그녀는 진지한 눈으로 우리를 쳐다본다. 동시에 약간 놀리는 듯도 하다. 한 손에는 파울라식으로 두 송이의 붉은 꽃을 들고 있고 다른 한 손은 공처럼 부푼 둥그런 배 상단에 얹어져 있다. 두 볼은 파울라가 들고 있는 꽃만큼이나 붉다.

임신한 모습을 그린 또 다른 자화상에서는 옷이 허리께까지 내려오고 몸은 더 정면을 향하고 구성은 더 정형화되어 있

다. 프레스코화의 구성처럼 파울라가 두 기둥여인상 사이에
서 있다. 배는 둥글고 머리에 화관을 쓰고 목에는 호박 목걸이
를 걸었다. 한 손은 과일 조각을 들고 다른 손은 오렌지를 들었
다. 만족스러운 아니 장난스러운 표정이다. 왼쪽 기둥여인상
은 지쳐 있고 오른쪽 여인상은 장난기 섞인 미소를 짓고 있다.
기술적으로 이 자화상은 미술사에서 임신한 여성의 최초의 나
체화이다. 하지만 지금은 사진으로만 남아 있다. 1943년 6월
24일 공습 때 반 데어 하이트 저택에 보관 중이던 일부 작품들
과 함께 파괴되었다.

어떤 화가도(남성 화가, 여성 화가를 다 포함하여) 임신한
여자를 그린 적이 없었다는 것을 파울라가 알고 있었을까? 그
녀는 인생의 리듬과 화폭의 느낌에 따라 매우 '즉흥적으로', 릴
케가 「진혼가」에서 '가난한 시선'◆이라고 묘사한 군더더기 없
는 시선으로 그림을 그렸다. 하지만 그 시선에는 세잔, 고갱, 반
고흐 그리고 '세관원' 루소, 지나간 인상주의와 앞으로 도래할
입체주의가 담겨 있었다. 파울라는 눈에 보이는 것을 그렸다.
그녀는 이 사람을, 세상에 살고 있는 그런데 임신을 한 존재를
봤다. 1902년과 1907년 클림트가 그린 만삭의 임산부 나체화
는 큰 물의를 일으켰다. 제목은 「희망」이고 임산부는 해골에

◆ 릴케는 'pauvre, 가난한'이라는 형용사를 세잔의 시선을 말할 때도 사용했다. (1907
년 10월 7일 클라라에게 보낸 편지)

둘러싸여 있다.

*

우리 집 벽에 걸려 있는 유일한 내 사진은 케이트 배리●가 찍은 것이다. 예술가로서 그리고 여자로서 나는 케이트 배리를 무척 좋아한다. 그 사진에서 나는 나를 보았다. 2001년 봄에 우리 집 부엌에서 찍은 것인데 성모처럼 머리에 후광이 있는 흑백사진이다. 내가 임신 6개월이었을 때였다.

그즈음 신문사에서 내 사진을 요청하면 나는 그 사진을 보내고는 했다. 하지만 신문사는 어디나 할 것 없이 모두 이렇게 물었다. "평범한 사진 없습니까?"

*

파울라가 헤르마에게. "배내옷 고마워. 다시 그림을 그리기 시작했어. 내가 마술 망토를 걸치고 사라질 수 있다면 얼마나 좋을까. 나의 유일한 소망은 그림만 그리고, 그리고 또 그리는 거야." (10월 8일)

●Kate Barry. 사진작가. 영국 런던에서 태어났지만 프랑스 파리에서 자라고 활동했다. 부모가 모두 유명인인데, 어머니는 1960년대 패션 아이콘 제인 버킨이고 아버지는 007 시리즈의 영화음악 작곡자 존 배리, 양아버지가 프랑스의 배우 겸 가수인 세르주 갱스부르다. 2013년 아파트에서 떨어져 사망했다.

파울라가 밀리에게. "빌어먹을! 배 속 아기 때문에 의자에서 떨어지다니! 요새 내 기분이 그래. 이럴 때 내가 할 수 있는 것은 그냥 가만히 참는 거야. 그렇지 않으면 아기도 흥분할 테니까. '기저귀'나 '행복한 순간' 같은 말은 더 이상 편지에 쓰지 마. 절대. 머지않아 내가 기저귀 가는 일을 해야 한다는 걸 너도 잘 알잖아. 그 사실을 남에게 알리고 싶어 하는 사람이 아니라는 것도." (10월. 날짜 미상)

파울라가 클라라에게. "요사이 세잔이 머리에서 떠나질 않아. 오로지 세잔만 생각하고 있어. 내게 큰 영향을 준 서너 명의 화가 중에서도 세잔은 내게 벼락을 맞은 듯한 충격을 주었어. 1900년에 볼라르 화랑에서 나와 같이 본 세잔 그림 기억하지? 파리를 떠나기 얼마 전에는 펠르랭 화랑에서 세잔이 청년이었을 때 그린 그림을 봤어. 펠르랭에는 세잔 작품이 150점이나 있어. 네 남편에게도 가서 보라고 하렴. 나는 몇 점밖에 보지 못했지만 모두 훌륭했어. 살롱 도톤에 어떤 작품들이 출품되었는지 알고 싶어서 네 남편에게 카탈로그만이라도 보내달라고 부탁했어. 빨리 와줘. 괜찮다면 월요일에라도 와줘. 얼마 안 있으면 바쁜 일이 생길 것 같거든. 지금 여기 있지 않아도 된다면 당장 파리로 달려갈 텐데." (10월 19일)

파울라가 어머니에게. "파리에 일주일이라도 있을 수 있다면 얼마나 좋을까요! 지금 파리에서는 세잔의 작품이 쉰여섯

점이나 전시되고 있어요!" (10월 22일)

*

1907년 11월 2일 마틸데 모더존이 태어났다. 매우 힘든 출산이었다. 산통이 이틀이나 계속되었고 결국에는 마취를 하고 수술을 해야 했다. 의사는 회복을 위해서 절대 침대 밖으로 나가면 안 된다는 처방을 내렸다.

파울라의 어머니는 너무 기뻤다. 작년에 끔찍한 한 해를 보낸 터라 더욱 그랬다. 아기의 이름은 자신의 이름을 딴 마틸데였다. 엄마에서 딸이 나고 그 딸에서 또 다른 딸이 태어났다. 할머니 마틸데가 쓴 편지에서 그때의 행복한 분위기를 느낄 수 있다. "지금 파울라는 눈처럼 새하얀 베개를 베고 누워 있단다. 머리 위에서는 파울라가 숭배하는 고갱과 로댕이 내려다보고 있어. 하얀 커튼 사이로 눈부신 겨울 햇살이 들어오고 창가의 붉은 제라늄은 활짝 웃고 있구나…" 나는 파울라 역시 행복했다고 믿고 싶다. 아기가 그녀에게 한없는 기쁨을 주었다고 믿고 싶다.

사진작가 후고 에르푸르트가 오토의 사진을 찍으러 왔다. 에르푸르트는 산모와 갓난아기의 사진도 몇 장 찍었다. 침대에 누워 있는 파울라는 불편해 보였다. 얼굴이 안되었지만 그래도 웃고 있다. 아기는 한 사진에는 울고 있고 다른 사진에는 자고 있다.

*

출산을 하고 십팔 일 만에 드디어 침대 밖으로 나올 수 있었다. 작은 파티를 열기로 했다. 파울라는 거울을 침대 발치로 가져다달라고 부탁했다. 머리를 따서 화관처럼 돌려 묶고 블라우스에 장미꽃을 꽂았다. 수많은 꽃과 초로 장식한 집 안은 환하게 빛났다. 파울라가 침대에서 일어났다. 그리고 그대로 고꾸라졌다. 사망 원인은 색전증. 누워만 있어서였다. 쓰러지면서 그녀가 내뱉은 말은 'Schade'. 이 세상에서 그녀가 한 마지막 말이다. '아쉽다'라는 뜻이다.

*

내가 파울라의 전기를 쓰기로 결심한 것은 바로 그녀의 마지막 말 때문이다. 아쉽기 때문이다. 내가 몰랐던 그 여자가 그립기 때문이고 그 여자가 더 오래 살았으면 좋았겠다고 생각했기 때문이다. 그리고 그녀의 그림을 세상에 보여주고 싶었다. 그녀의 삶을 들려주고 싶었다. 단순히 그녀의 진면목을 보여주는 것을 넘어 그녀를 여기 있게 하고 황홀하게 해주고 싶었다.

나는 또 다른 죽음에 대해 말해야 한다. 그날이 올 것이다. 죽은 자는 항상 돌아오지 않는가. 언젠가 그의 짧디 짧았던 삶

에 대해 쓸 생각이다. 내 동생의 이야기다. 그의 이름은 장, 세
상에 이틀 살았다. 하지만 아직 때가 아니다.

　'그대의 삶은 얼마나 짧은 것이었던가…'◆ 콘퍼런스, 낭독
회, 다큐멘터리 촬영(아르테TV의 초청으로 내가 좋아하는 독
일 작가 아르노 슈미트가 살았던, 보르프스베데에서 멀지 않
은 황무지 마을에 간 적이 있다) 등의 이유로 브레멘을 여러
번 방문할 기회가 있었다. 심지어 우리 가족은 8월에 캠핑카를
몰고 브레멘에 가서 휴가를 보낸 적도 있다. 독일 북부 날씨는
좋았다. 우리는 수많은 독일인과 폴란드인들을 지나쳤다. 그
들은 우리를 보고 웃으면서 여기서 뭐 하느냐고 물었다. 바다
를 등지고 휴가객들의 여행길과는 반대 방향으로 가면서 우리
는 파울라의 그림을 감상했다.

*

　클라라가 오토의 편지를 손에 쥐고 파울라의 무덤으로 달
려왔다. 그것 말고 달리 할 수 있는 일이 있겠는가? 릴케는 미
미 로마넬리와 베네치아를 여행하던 중 소식을 들었다. 그는
여행을 중단하고 독일로 돌아왔다. 미미에게 보낸 프랑스어 편
지에 파울라를 직접적으로 언급되지는 않았지만 그녀의 죽음
에 대해 언급했다. "삶에는 죽음이 있습니다. (…) 어느 일요일

◆ 'Wie war dein Leben kurz…' 릴케 「어느 친구를 위한 진혼가」의 일부.

이른 아침 하염없이 떠다니는 추운 곤돌라에서 눈물을 흘렸습니다. 부끄럽지 않습니다. (…) 죽음은 언제나 그리고 아직까지도 내 안에 있고 내 안에서 자라며 내 심장을 변화시키고 내 피를 더욱 붉게 만듭니다. (…)"

파울라가 죽은 지 정확히 일 년 후 1908년 만성절 날 릴케는 삼 일 밤낮을 고생한 끝에 「어느 친구를 위한 진혼가」를 완성했다. 당시 릴케는 바렌 가 77번지에 있는 오텔 비롱에 있었다. 오텔 비롱은 클라라가 찾아낸 곳으로 나중에 로댕 박물관이 된다. 사랑했던 여인 시도니 나드헤르니에게 릴케는 삼 일간의 열병을 이렇게 묘사했다. "일 년 전 오늘 죽은 한 친구를 위한 진혼가를 완성했습니다. 날짜의 우연을 전혀 생각하지 못했습니다. 그 친구는 예술가로서 멋지게 발을 내딛었지만 처음에는 가족에게 붙들리고 후에는 가혹한 운명에 발목을 잡혀 멈출 수밖에 없었습니다. 허망한 죽음, 살아서 전혀 준비하지 못한 죽음이었습니다."

나는 「어느 친구를 위한 진혼가」를 뒤로 미루며 이 책이 거의 마무리될 때까지 읽지 않았다. 그런데 일단 읽기 시작하자 내 머릿속에서 멜로디가 울려 퍼졌다. 「어느 친구를 위한 진혼가」는 읽는 시가 아니라 듣는 시다. 프랑스어로 번역된 진혼가는 음악성이 매우 뛰어난 변주곡이다. 책을 쓰기 위해 조사를 하는 동안 나는 독일어를 배웠다. Ich habe Tote …•

릴케는 내가 좋아하는 작가는 아니다. 그는 카프카가 아니다. 카프카가 어떻게 그런 글을 쓰는지 나는 도통 짐작을 할 수가 없다. 하지만 카프카와 같은 시대를 살았던 릴케의 글에서는 그가 겪은 고통, 성공, 승리, 편협함을 읽을 수 있다. 릴케가 작업하는 것이 눈에 보인다. 아름답게 작업을 하고, 고통스럽게 작업을 한다. 마치 같은 작업실에서 일하고 있는 것처럼.

작업실에서 파울라는 릴케와 동등했다. 아마도 파울라는 릴케가 자신과 동등하게 대한 유일한 여성일지도 모른다. 그는 그녀와 동등하게 싸우고 동등하게 사랑했다.

하지만 시인은 파울라의 이름을 불러주지 않았다. 이름을 부르면 너무 친근하게 들려서였을까? 그렇다면 어떻게 불러야 했을까? 베커도, 모더존도, 아버지도, 남편도 아니라면… '어느 친구'라고 했다. 그런데 릴케는 친구가 참 많았다. 죽은 친구 역시 많았다. 릴케에게는 죽은 자들이 있다. Ich habe Tote. 하지만 '여기 있는 사람'은 그녀가 유일하다. 죽음에서 돌아온 유일한 사람이다. 릴케는 처음으로 파울라를 '그대'라고 불렀다.

'그대가 여기 있는 것을, 나는 이해한다.
장님이 주변의 사물을 이해하듯이

• '나에게는 죽은 자들이 있다…' 진혼곡의 시작이다.

그렇게 나도 그대의 운명을 느끼지만, 그것을 뭐라 이름 할지 모르고 있다.

우리 함께 슬퍼해야 한다 (…)♦

거울, 머리 손질… 릴케는 오토가 클라라에게 설명해준 대로 파울라의 죽음을 아주 간단하게 서술적으로 묘사했다. 릴케는 파울라의 죽음을 혐오했다. 그 죽음은 그녀의 것이 아닌, 때 이른 죽음, 삶을 빼앗아간 죽음이었다…♦♦ 시인은 '다 큰 남자들'을 비난했다. "다 큰 남자들은 자신들에게 더 이상 눈길을 주지 않고 자신의 존재로 장식된 좁은 길을 가고 있는, 붙잡을 수도 없고 붙잡아서도 안 되는 여자들을 소유할 권리를 가지고 있다고 생각한다."

"그대는 옛 여자들이 죽는 것처럼 죽었다. 그대는 따뜻한 집에서 구태의 방식으로 옛 여자처럼 아기를 낳다가 죽었다. 산모는 몸을 닫으려고 했지만 닫을 수 없었다. 왜냐하면 아기와 함께 낳은 어둠이 급하게 다시 돌아와 산모 안으로 들어갔

♦ 장이브 마송 번역. 1996년.

♦♦ 작품과 수명의 관계에 관하여 릴케는 클라라에게 일흔 살의 세잔의 말을 인용했다. "조금씩이기는 하나 날마다 발전하고 있다. 그래서 나는 계속 배운다. 맹세컨대 나는 그림을 그리다가 죽을 것이다." 릴케는 루 살로메에게는 가쓰시카 호쿠사이(葛飾北斎)를 인용했다. "일흔셋이 되어서야 새와 물고기와 식물의 형태 그리고 진정한 특성을 겨우 알게 되었다."

기 때문이다."◆

2001년 소설 『아기』를 쓰면서 나는 이미 릴케를 인용했었다. 하지만 파울라 모더존 베커에 대해서는 몰랐고 그녀가 필요했다는 사실조차도 느끼지 못했다.

*

오토를 떠올려본다. 젊은 아내를 두 번 잃고 두 번 홀아비가 되고 또 엄마와 젖을 찾는 갓난아기와 두 번 남겨졌다.

어린 이복자매 엘스베트와 마틸데는 함께 늙어갔고 브레멘에서 함께 생을 마감했다. 두 사람은 복지기관과 의료기관에서 일했다.

*

부퍼탈 미술관 학예사의 몸짓이 또렷이 기억난다. 학예사는 매우 조심스럽게 그림을 내 쪽으로 돌렸다. 우리는 지하 수장고에 있었다. 미술관은 파울라의 유화 열아홉 점을 소유하고 있지만 당시 모두 지하 수장고에 보관하고 있었다.

검은 모자를 쓴 여자아이, 가슴에 손을 얹은 여자아이, 앉

◆ 로랑 가스파르의 번역(1972년)에 기초해 내가 산문으로 풀어썼다.

아 있는 뚱뚱한 아낙네, 금붕어 정물, 엄마와 오렌지를 들고 있는 아이, 늙은 호박 정물, 토끼를 안고 있는 여자아이… 학예사가 그림을 뒤집자 다른 여자아이가 나왔다. 파울라가 캔버스를 재사용한 것이다. 열아홉 점이 아니라 스무 점이었다.

그림이 천장이 낮은 수장고의 벽과 철문에 기대어 차가운 형광빛을 받고 있다. 회색 콘크리트 바닥에서 열린 차가운 전시회였지만 나만을 위한 전시회였다. 빛과 공기 그리고 신선한 바깥바람을 쐰다면 그림이 살아날 것 같다는, 그런 생각이 들었다.

*

파울라는 '용기와 투지가 넘치는' 여성이었다. 파울라가 죽고 구 년 뒤 1916년 12월 26일 릴케는 파울라의 어머니에게 보낸 긴 편지에서 파울라를 그렇게 묘사했다. 그렇다고 용기와 투지가 자신이 아는 파울라를 다 표현하는 단어는 아니라고, 파울라의 어머니가 출간을 준비하고 있는 그녀의 편지들 역시 그녀를 다 말해주는 것이 아니라고 했다. 릴케는 파울라의 재능에 대해서도 말했다. 마지막 해, 그러니까 파울라가 '새 인생'을 시작했던 해에 그녀의 머릿속에는 오로지 '작업과 운명' 이 두 가지밖에 없었고 그 결과 세상을 뜨기 전에 '자신만의 놀라운 화풍'을 가질 수 있게 되었다고 솔직하게 말했다.

　우리는 창작한다. 동시에 우리는 육체다. 릴케는 나중에 출산과 창작 사이에서 선택을 해야 하는 여자들의 '운명'에 대해 약간 편협한 글을 썼다. 여자이며 작가이고 2000년대에 출산을 한 나로서는 흔한 산후합병증인 폐색전증이라는 '운명'에서 벗어날 수 있게 해준 의학의 발전이 고맙지 않을 수 없다.

　다정다감한 파울라의 어머니는 릴케가 주저하는데도 불구하고 딸을 건강한 젊은 독일 여성, 예술의 여신 그리고 사랑에 빠진 낭만적인 인물로 소개하는 서간집을 출간했다. 파울라의 서간집은 독일에서 엄청난 성공을 거두었다. 15쇄 넘게 인쇄되었고 양차 대전 사이에 5만 부가 팔렸다.♦ 릴케는 1923년 우연히 서간집을 다시 보게 되는데 당시 머물고 있던 성의 가정부가 크리스마스 선물로 받은 것이었다. 릴케는 파울라의 편지를 다시 읽고 크게 동요했다. 파울라의 일기 원본과 편지 일부가 제2차 세계대전 때 소실되었는데 살아남은 자료들을 모아 새로 편집해 독일어로 재출간되었다. 미국의 대학출판부 두 곳에서도 영문판을 출간했다.

　이제 독일에서는 우편엽서, 마그네틱 기념품, 포스터로 파울라 모더존 베커의 작품을 쉽게 만날 수 있다. 초등학생들은 파울라의 작품을 배우고 브레멘에는 그녀의 미술관도 있다.

♦ 1949년까지 10만 부 판매되었다.

사후 명성은 빨리 찾아왔다. 1908년 11월 8일 릴케는 시도니 나드헤르니에게 '그녀가 고독에 침잠하고 발전하려는 것을 막은 바로 그자들이 지금은 그녀에게 영광을 바치고 있다'고 비난했다. 그렇다면 릴케는 파울라의 영광을 위해 무엇을 했는가? 그녀의 이름을 한 번도 안 불러주지 않았는가?◆ 남편 오토는 파울라의 유산 관리자가 되었고 회트거는 열렬한 지지자가 되었으며 포겔러는 1938년 반(反) 나치 잡지에 용감하게 파울라에 관한 기사를 기고했다.

파울라의 그림은 여러 단체전에 초청되어 엔소르, 클레, 몰(Oskar Moll), 코코슈카, 마티스의 작품과 나란히 전시되었고 개인전은 1908년 브레멘에서 열린 첫 전시회를 시작으로 계속 이어졌다. 수많은 독일 미술관과 개인 수집가들은 파울라의 작품을 다량으로 구매했다. 루드비히 로젤리우스는 그녀의 개인 미술관을 세웠다.

1906년 디카페인 커피를 개발해서 큰돈을 번 로젤리우스는 브레멘 출신 예술 후원가다. 그는 뵈트허 가 일부를 매입한 뒤 회트거에게 미술관 설계를 의뢰했다. 그렇게 해서 '파울라 베커 모더존 하우스'가 1927년 문을 열게 된다. 모더존 베커가

◆ 1924년 릴케는 어느 대학교수와 가진 인터뷰에서 파울라를 언급했다. "파울라 모더존을 마지막으로 본 것은 1906년 파리에서였습니다. 당시 그녀가 하고 있던 작업에 대해 아는 것이 없었습니다. 그 이후 작업에 대해서도 여전히 잘 모릅니다."

아니라 베커 모더존을 주장한 것은 로젤리우스였다. 곡선이 주를 이룬 독창적인 디자인의 단순하면서도 생기 넘치는 벽돌 건물 미술관은 세계에서 여성 화가에게 헌정된 첫 미술관이다. 전쟁 때 파괴되었지만 전쟁이 끝나고 똑같이 재건되었고 지금도 운영 중이다. 파울라 베커 모더존 하우스가 있는 뵈트허 거리는 현재 브레멘의 대표적인 관광지가 되었다.

1937년 나치는 독일 미술관에서 파울라의 작품 일흔 점을 압수했다. 많은 수가 소각되거나 팔렸고 몇몇 작품은 '퇴폐 예술'의 예로 전시되었다. 파울라는 영광이라고 생각하지 않았을까? 나치는 교회, 아이, 요리와 아무런 상관이 없는 이 젊은 여성 화가가 눈에 거슬렸다. 회트거와 로젤리우스는 건물 정면에 글을 새겨 독특하고 도발적인 방식으로 파울라에게 경의를 표했다. 칼을 들고 있는 천사 아래에 다음과 같은 문구가 금빛으로 새겨져 있다. "남자들의 영웅적 명성이 꺼져가는 동안 숭고한 한 여성의 작품은 그녀가 승리자로 남아 있음을 증명할 것이다." 나치는 그 문장을 지우려 했다. 로젤리우스는 단어 하나만 수정하는 것으로 나치와 타협을 봤다. '꺼져가는 동안'이 '꺼진 후에야'가 되었다. 전쟁이 끝나고 다시 '꺼져가는 동안'으로 바뀌었다.

왜 그녀는 독일 외 지역에서는 유명하지 않을까? 왜 제2의 고향 파리에서는 그동안 전시회가 한 번도 열리지 않았을까?

독일인이라서? 피카소는 스페인 사람이고 모딜리아니는 이탈리아 사람이 아니던가? 작품이 미완성인 것이 그렇게 문제가 되는 것일까? 여성이라는 이유로 국경을 넘지 못했을까? 세계인의 비자가 없었던 것일까?

릴케는 「어느 친구를 위한 진혼가」에서 노란 호박 목걸이의 무게를 원망했다. 묵직한 호박 목걸이에 파울라의 무엇이 남아 있을까?

보르프스베데에 있는 파울라의 집을 둘러봤다. 빨간 줄 너머로 식기장과 그릇 몇 개가 보인다. 이젤에는 그녀의 마지막 작품이 드라마틱하게 놓여 있다. 상트페테르부르크에 있는 도스토옙스키의 집을 떠올려본다. 작가가 쓰던 모자와 우산 그리고 책상 아래에 가짜 초와 연결된 전깃줄이 보인다. 더블린에 있는 조이스의 마텔로 타워. 낭만적인 파란 찻잔과 찻주전자가 생각난다. 바르크펠트에 있는 아르노 슈미트의 집에서는 그가 죽은 날 그대로 보존되어 있는 서재, 안경, 부엌에 있는 커피 통, 그가 이 세상에서 마지막으로 마셨던 커피가 생각난다.

사물들은 눈에 보이지만 손으로 만지려 하면 사라지는 홀로그램이 되었다. 죽은 자의 물건은 그처럼 애처롭고 우스꽝스럽다. 파울라의 호박 목걸이가 어딘가에 살아남아 있다면 호박 속에 그녀의 시선을 닮은 벌이 들어 있지 않을까?

파울라, 그녀는 여기 있다. 그림과 함께. 우리는 그녀를 보러 갈 것이다.

감사의 말

내가 파울라 모더존 베커의 전기를 쓰고 있는 동안 파리 현대미술관의 쥘리아 가리모스와 파브리스 에르고는 파울라의 회고전을 준비하고 있었다. 전시회는 2016년 4월부터 8월까지 개최될 예정이었다. 파리를 떠난 지 백십 년 만에 파울라가 봄에 파리를 다시 찾게 되는 것이다. 파울라에 관한 글을 쓰는 것, 파울라의 그림을 보여주는 것 모두 그녀를 향한 사랑의 표현이라고 생각한다.

에센에 있는 프랑스 문화원 미셸 뱅상 원장에게 고마움을 전하고 싶다. 열정적인 통역, 일정 조율, 원고 검토 등 많은 일을 해주었다.

예술사학자 다이앤 래디키 교수는 나를 뉴욕에 초청해주었고 서신을 통해 소중한 의견을 주었다. 그리고 이 책의 원고도 읽어주었다. 감사드린다. 나를 따뜻하게 맞아준 모니카 스트라우스에게도 고마움을 전하고 싶다.

브레멘의 뵈트허 거리를 친절히 안내해준 수산네 게를라흐를 언급하지 않을 수 없다.

볼프강 베르너. 파울라에 대한 마르지 않는 지식으로 나를 많이 도와주었다.

베레나 보르그만(Verena Borgmann), 기욤 파루(Guillaume Faroult), 실뱅 아믹(Sylvain Amic), 헬라 파우스트(Hella Faust), 안나 프레라(Anna Frera), 한나 보그하님(Hanna Boghanim), 스테판 게강(Stéphane Guégan), 장 마르크 테라스(Jean-Marc Terrasse), 에밀리아노 그로스만(Emiliano Grossman), 프랑크 라우쾨터(Frank Laukötter), 엘리자베트 르보비치(Élisabeth Lebovici), 에마뉘엘 투아티(Emmanuelle Touati)

감사드립니다.

살아 돌아온 여성 화가를 반기다

나도 파울라를 기억하지 못했다.

어렸을 때 '주여, 때가 왔습니다. 지난여름은 참으로 위대했습니다…'를 외우고 다녔다. 릴케를 좋아하거나 시에 감명받아서가 아니라 그때는 그것이 '쿨'한 것이었다. 이 책을 번역하기 전에는 파울라 모더존 베커라는 화가의 존재를 몰랐다. 그런데 작업을 하면서 릴케의 시집에 실려 있던 사진들이 생각났다. 거기에 파울라가 있었다. 파울라와 클라라가 함께 찍은 사진이다. 당시 나의 지극히 소녀적 관심은 릴케의 부인인 클라라에게만 향했었다. 릴케보다 몸집이 더 크고 얼굴이 남자처럼 생긴 클라라가 릴케에 어울리지 않는다는 그런 유치한 생각들을 한 기억이 있다. 하지만 책에 화가라고 소개된, 클라라 옆에 앉아 있는 파울라에게는 관심이 없었다. 관심을 가지려는 노력도 하지 않았다. 시인의 아내가 아닌 그녀가 어린 눈에 '가치'가 없어 보였나보다.

화가나 그림 관련 책을 우리말로 옮기면서 얻는 즐거움 중하나가 그림 (온라인) 감상이다. 파울라의 경우 존재 자체를 몰랐기 때문에 완전히 새 눈으로 작품을 볼 수 있었다. 간결한 선, 대담한 색, 인물화의 강렬한 시선이 좋았다. 하지만 종종 서툴다 싶은 작품도 눈에 띄고 주제가 반복되는 듯해 실망스러웠던 것도 사실이다. 그러다 문득 파울라가 스물둘에 보르프스베데에 처음 왔고 서른한 살에 세상을 떠났으니 현재 남아 있는 그림 대부분이 20대 후반에서 30대 초반에 그려진 것이라는 생각이 들었다. 20, 30대의 화가는 여전히 배우는 사람이 아닌가! 이 화가가 30대, 40대, 50대, 60대를 살며 세월이 주는 희로애락을 그림에 표현했다면 아름다운 작품이 얼마나 더 많이 나왔을까? 그것을 생각하면 그녀의 때 이른 죽음이, 릴케도 그랬던 것처럼, 너무 분하다. 파울라의 그림 중 예닐곱 먹었을 여자아이가 팔짱을 끼고 입술을 굳게 닫고 눈을 동그랗게 뜨고 (아마도 어른을) 야무지게 쳐다보는 그림이 있다. '난 뭔가가 될 거야'라고 말하지 않았을까.

이 책을 번역하면서 느꼈던 특별한 즐거움은 마리 바시키르트체프, 캐슬린 케네트, 프란체스카 우드먼, 콩스탕스 마예, 에바 곤잘레스⋯ 이름도 들어보지 못했던 여성 화가들을 만난 것이다(독자들은 내가 그림에 문외한이라는 것을 이미 눈치 챘을 것이다). 모두 흥미로운 삶을 살고 열정적으로 작업을 한 예술가들이다. 이 화가들을 언급한 것은 작가의 의도가 있었으리라. 그런 노력을 해준 작가에게 감사한다. 하지만 이 화가들이 땅속에 묻혀 있었던 것은 아니다. 관심을 기울여준 사람이 많지 않았을 뿐이다. 파울라의 그림이 지하 창고에 '처박혀' 있었던 것처럼. 그림도 사람 같아 먼지를 털어주고 바람을 쐬어주고 볕을 보게 해주고 스포트라이트를 비춰주어야 사람들이 쳐다본다. 그래야 나 같은 문외한도 쳐다본다. 마리 다리외세크가 파울라에게 스포트라이트를 비춰 그녀를 세상에 다시 존재하게 해준 것처럼 새로 존재하게 될 또 다른 예술가를 기다려본다.

임명주

부록: 파울라의 작품들

1   「습지」 (1900~02) 개인 소장.
     파울라의 초기작으로 보르프스베데의 풍경을 담고 있다.

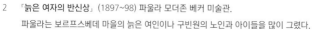

2 「늙은 여자의 반신상」(1897~98) 파울라 모더존 베커 미술관.
파울라는 보르프스베데 마을의 늙은 여인이나 구빈원의 노인과 아이들을 많이 그렸다.

3 「**시계추 옆에 앉아 있는 소녀**」 (1900) 슈타츠 갤러리. 이미지코리아/akg-images
파울라는 어른이 되어가는 여자아이들을 많이 그렸다. 어딘가를 응시하며 생각하고 있는
모습의 소녀들이 많다.

「클라라 베스트호프의 초상화」 (1905) 함부르크 미술관. 이미지코리아/akg-images

5 「**라이너 마리아 릴케의 초상화**」 (1906) 파울라 모더존 베커 재단, 개인 소장품 중에서 대여.

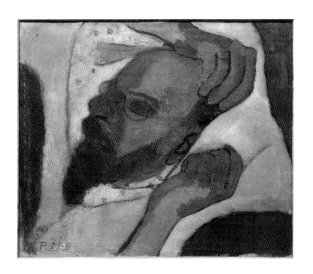

6   「잠들어 있는 오토 모더존」 (1906) 파울라 모더존 베커 재단. 이미지코리아/akg-images

7   「검은 모자를 쓴 소녀」 (1905) 폰 데어 하이트 박물관. 이미지코리아/akg-images
     1906년 브레멘 미술관에서 열린 단체 전시회에 출품한 작품과 유사한 것으로 보인다.

8   「금붕어 어항이 있는 정물」 (1906) 폰 데어 하이트 박물관. 이미지코리아/akg-images
    세잔 등의 영향을 받아 모더니즘 양식으로 그려진 정물화. 본문에서 언급한 마티스처럼 그려진
    금붕어 어항 그림과 비슷한 작품일 것으로 추정된다.

9 「**우유가 있는 정물**」(1905) 루드비히 로젤리우스 소장.
　보르프스베데에서 파울라는 자신이 먹는 시골풍의 소박한 음식들을 많이 그렸다. 마리 다리외세크는 그녀의 정물화가 '죽은 자연'이 아니라 살아 있고 맛있는 정물로 느껴진다고 적었다.

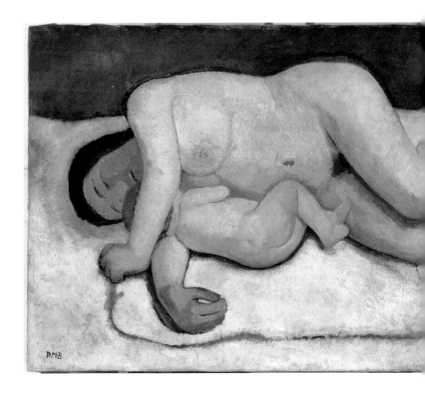

10 「누워 있는 엄마와 아기」 (1906) 파울라 모더존 베커 미술관. 이미지코리아/akg-images
마리 다리외세크가 파울라의 존재를 아는 계기가 되었던 작품이다. 이처럼 편하게 누워서
수유하는 엄마의 모습은 이전의 그림에서는 찾아볼 수 없는 것으로, 여성의 시각에서 그렸기
때문에 가능했다.

11 「어깨에 엄마의 손이 얹힌 아기」 (1904) 브레멘 미술관. 이미지코리아/akg-images
릴케가 구입한 파울라의 작품.

12 「호박 목걸이를 한 자화상」 (1906) 루드비히 로젤리우스 소장.

1906년 여름 자신의 사진을 찍어서 그 사진을 모델로 그린 자화상 중 하나로 큐비즘의 도래를
알리는 선구적인 작품이다.

13 「붓꽃을 배경으로 한 자화상」 (1905~06) 브레멘 미술관. 이미지코리아/akg-images
   파울라가 서른을 앞둔 해에 그린 작품으로 '녹색, 주황색, 보라색, 검은색'의 강한 대비는 고갱의
   영향을 받았다.

14 「아이를 가슴에 안고 무릎을 꿇은 어머니」 (1906) 베를린 국립 갤러리, 프로이센의 문화유산 재단, 국립미술관. 이미지코리아/akg-images

파울라는 모자상을 많이 남겼다. 그 중 이 작품은 같은 시기에 그려진 피카소의 신체를 연상시키는 모더니즘 양식으로 그려졌다.

15 「동백나무 가지를 들고 있는 자화상」 (1907) 폴크방 미술관

마리 다리외세크가 폴크방 미술관을 방문했을 때는 지하실에 전시되어 있었다. 저자가 "그림을 그리고 있는 여자의 자화상"이며 "결혼 생활의 고통과 실망, 예술가로서의 고독을 읽을 수 있다"고 해석한 작품이다.

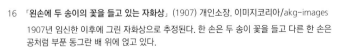

16 「왼손에 두 송이의 꽃을 들고 있는 자화상」(1907) 개인소장. 이미지코리아/akg-images
　 1907년 임신한 이후에 그린 자화상으로 추정된다. 한 손은 두 송이 꽃을 들고 다른 한 손은
　 공처럼 부푼 동그란 배 위에 얹고 있다.

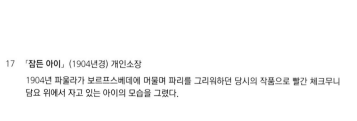

17 「잠든 아이」 (1904년경) 개인소장

　　1904년 파울라가 보르프스베데에 머물며 파리를 그리워하던 당시의 작품으로 빨간 체크무늬
담요 위에서 자고 있는 아이의 모습을 그렸다.

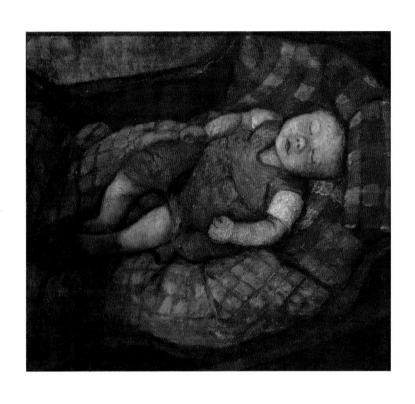

옮긴이 임명주

한국외국어대학교 불어과와 동대학교 통역대학원 한불과
를 졸업했다. 옮긴 책으로 볼테르의『불손한 철학사전』, 샤
를 단치의『걸작에 관하여』프랑스 대표적인 추리소설 작가
미셸 뷔시의『그림자소녀』,『절대 잊지 마』, 르롱바르 출판사
콩트르샹 시리즈 그래픽노블『프리드리히 니체』,『헨리 소로
우』,『폴 고갱』등이 있다.

출판 기획 및 번역 네트워크 '사이에'에서 활동하고 있다.

여기 있어 황홀하다

파울라 모더존 베커의 삶과 예술

초판 1쇄 발행 2020년 6월 23일

지은이   마리 다리외세크
옮긴이   임명주

펴낸이   서지원
책임편집   홍지연
디자인   닻프레스 datzpress.com
펴낸곳   에포크
출판등록   2019년 1월 24일 제2019-000008호
주소   서울 마포구 양화로 161, 613호

전화   070-8870-6907
팩스   02-6280-5776
이메일   info@epoch-books.com

ISBN 979-11-970700-0-6 (03860)

copyright ⓒ 에포크, 2020

이 도서의 국립중앙도서관 출판예정도서목록(CIP)은 서지정보유통지원시스템
홈페이지(http://seoji.nl.go.kr)와 국가자료종합목록 구축시스템(http://kolis-net.nl.go.
kr)에서 이용하실 수 있습니다. (CIP제어번호 : CIP2020022129)

에포크는 중요한 사건으로 인해 의미 있는 변화가 일어난 시대라는 뜻을 담고 있습니다. 다리를 형상화한 에포크의 로고처럼 과거와 현재, 그리고 미래를 이어주는 에포크의 책들을 통해 독자들도 자신만의 '에포크의 시간'을 만들어가기를 바랍니다.